外国人のための日本語 例文・問題シリーズ 9

文　　体

名 柄　迪
茅 野 直 子
共著

荒 竹 出 版

監修者の言葉

このシリーズは、日本国内はもとより、欧米、アジア、オーストラリアなどで、長年、日本語教育にたずさわってきた教師三十七名が、言語理論をどのように教育の現場に活かすかという観点から、アイデアを持ち寄ってできたものです。私達は、日本語を教えている現職の先生方に使っていただくだけでなく、同時に、中・上級レベルの学生の復習用にも使えるものを作るように努力しました。

このシリーズの主な目的は、「例文・問題シリーズ」という副題からも明らかなように、学生には、今まで習得した日本語の総復習と自己診断のためのお手本を、教師の方々には、教室で即戦力となる例文と問題を提供することにあります。既存の言語理論および日本語文法に関する諸学者の識見を無視せず、むしろ、それを現場へ応用するという姿勢を忘れなかったという点で、ある意味で、これは教則本的実用文法シリーズと言えるかと思います。

従来、文部省で認められてきた十品詞論は、古典文法論ではともかく、現代日本語の分析には不充分であることは、日本語教師なら、だれでも知っています。そこで、このシリーズでは、品詞を自立語では、動詞、イ形容詞、ナ形容詞、名詞、副詞、接続詞、数詞、間投詞、コ・ソ・ア・ド指示詞の九品詞、付属語では、接頭辞、接尾辞、(ダ・デス、マス指示詞を含む) 助動詞、形式名詞、助詞、助数詞の六品詞の、全部で十五に分類しました。さらに細かい各品詞の意味論的・統語論的な分類については、各巻の執筆者の判断にまかせました。

また、活用の形についても、未然・連用・終止・連体・仮定・命令の六形でなく、動詞、形容詞とともに、十一形の体系を採用しました。そのため、動詞は活用形によって、u動詞、ru動詞、行く動詞、来る動詞、する動詞、の五種類に分けられることになります。活用形への考慮が必要な巻では、巻頭に活用の形式を詳述してあります。

シリーズ全体にわたって、例文に使う漢字は常用漢字の範囲内にとどめるよう努めました。項目によっては、適宜、外国語で説明を加えた場合もありますが、説明はできるだけ日本語でするように心がけました。

教室で使っていただく際の便宜を考えて、解答は別冊にしました。また、この種の文法シリーズでは、各巻とも内容に重複は避けられない問題ですから、読者の便宜を考慮し、永田高志氏にお願いして、別巻として総索引を加えました。

私達の職歴は、青山学院、獨協、学習院、恵泉女学園、上智、慶應、ICU、名古屋、南山、早稲田、国立国語研究所、国際学友会日本語学校、日米会話学院、アイオワ大、朝日カルチャーセンター、アリゾナ大、イリノイ大、メリーランド大、ミシガン大、ミドルベリー大、ペンシルベニア大、スタンフォード大、ワシントン大、ウィスコンシン大、アメリカ・カナダ十一大学連合日本研究センター、オーストラリア国立大、と多様ですが、日本語教師としての連帯感と、日本語を勉強する諸外国の学生の役に立ちたいという使命感から、このプロジェクトを通じて協力してきました。

国内だけでなく、海外在住の著者の方々とも連絡をとる必要から、名柄が「まとめ役」をいたしましたが、たわむれに、私達全員の「外国語としての日本語」歴を合計したところ、580年以上にも及びました。この600年近くの経験が、このシリーズを使っていただく皆様に、いたずらな「馬齢の積み重ね」に感じられないだけの業績になっていればというのが、私達一同の願いです。

このシリーズをお使いいただいて、Two heads are better than one.（三人寄れば文殊の知恵）とお感じになるか、それとも、Too many cooks spoil the broth.（船頭多くして船山に登る）とお感じになったか、率直な御意見をお聞かせいただければと願っています。

この出版を通じて、荒竹三郎先生並びに、荒竹出版編集部の松原正明氏に大変お世話になりましたことを、特筆して感謝したいと思います。

一九八七年 秋

ミシガン大学名誉教授
上智大学比較文化学部教授　名柄　迪

はしがき

古来、東洋には「文は人なり」という諺があります。単にきれいな字を書く以上に、簡潔な文章、相手にわかりやすい文体で、自分の言いたいことを表現する能力は、昔から尊重されてきました。残念なことに現在の日本の高等教育では、こういう文を書く実践面の教育は、ほとんど無視されていると言ってよいと思います。初等中等教育の分野には、児童の発表能力を伸ばすために懸命に教育実践をしてこられただけでなく、他の先生方の指導にもあたられてきた、大村はま先生や野地潤家先生をはじめ、枚挙にいとまがない程の多くの先生方がおられます。しかし、私たちが承知している限りでは、国語国文関係の教員養成課程をのぞけば、良い文章を書く能力を養うことに力を入れている高等教育機関は、ほとんどないようです。これが、外国語としての日本語教育になると、状況はもっと悪いようで、むしろ、良心的に日本語教育の中に作文教育を取り込もうとした先生方が、「自分たちは、日本語を書くつもりはないから、難解な文献を読む練習にもっと時間を割いてもらいたい」という学生の声に負けて、「読解に多くの時間を割くことにした」という話をよく聞きます。木村宗男先生が『日本語教授法』の中で論じておられるような理想に近づく努力の第一歩も踏み出せなかった、いや、踏み出さなかったというケースが多いようです。

そこで、我々は、本著の中で、単に日本語の文体の種類や、さまざまな文体の特色を論ずるだけでなく、これからの日本語教育の中で文体を改善していくための効果的な方法を論ずることにしました。

このシリーズは、読者に中上級レベルの学習者を想定し、日本語教師の方々には現場で役に立つ例文・問題を提示するのが目的ですから、序章では、文体の面から日本語の特色をどう見たらいいのか、外国の言語学者から日本語の論理構造はどう見られているかを概説し、日本語学習者と日本語教師に、私達が努力目標と考えていることを示すことにしました。第一章では、文体を、話し言葉、書き言葉、男女の性別、身分の上下による敬語使用などを考慮しながら区別し、文体の種類を読み分ける練習問題をそえてあります。第二章では、日本語の文体の特徴をつかむためのポイントを、前述したように日本語教授の面から論じました。

実践篇は、作文・小論文の書き方の練習です。ここでは、美しい文章を書くことより、文を読む人々に書き手の考えや主張が正しく伝わるような、簡潔で明瞭な文章作法を学ぶことを目的にしています。

ここで取り上げた内容は、実際に上智大学のコースで行ったカリキュラムに基づいています。このコースの対象は、帰国子女と呼ばれる日本人学生と、かなり日本語の学習をつんだ、外国人学生です。授業の進め方は、テーマ別にそれに関する本や参考資料を読んだり、テレビ番組を見たりした後、クラス内で討論し、最後にそれを作文にまとめるというやり方です。その模様はこの本には載せてありませんが、学生の作文の実例があげてあります。

学習者は、自分の興味のあるテーマについて、実例を参考にして書く練習をしてみてください。この本をお使いいただく先生方には、それぞれの学習目的に合わせ、足りない点を補ってお使い下さるようお願いします。

最後に、原文転載許可のお願いに対し、著作権者でおられる磯田美恵子、梅棹忠夫、頴原芳枝、岡田晋、唐木フサエ、北原隆太郎、木下是雄、金田一春彦、澤田昭夫、下村満子、高村規、俵万智、鳥羽欽一郎、堀多恵、三浦朱門、三好行雄、村上春樹、盛田昭夫、山口令子、与謝野光、エドウィン・

ラインゴールドの各氏、朝日新聞社、岩波書店、川端康成記念会、教育新聞社、国語学会、世界文化社、武蔵野書院、ユーホー通信社、労務行政研究所の各団体に御理解をいただき、快諾をたまわりましたことを記し、ここに特筆して感謝の言葉に代えたいと思います。

一九八九年六月二十五日

名柄　迪

茅野直子

目次

第二章　学習上の文体認識の問題点……47

実践篇（じっせんへん）

本書の使い方

本書は前半が理論篇、後半が実践篇と二つに分けて構成してあります。学習者は前半を通して、これまで学んできた様々の日本語の文体を、総合的に学習することができます。特に例文のあとにつけられている練習問題をしてみることにより、書き言葉と話し言葉、女性語と男性語、フォーマルとインフォーマルな表現の違いなどがはっきり理解できます。

後半の実践篇には、実際に作文を書く上で知っていなければならない事柄が記されています。その後にいくつかの課題による作文の書き方、及び実例があげてあります。実例についてのこまかい批評はしてありませんが、学習者はこの実例を参考にして、興味のある課題を選び、書く練習をしてください。

なお、手紙文の形式は、本シリーズ11『表記法』にあるので省きました。また後半の問題の解答は、一部を除き全て、本文に解説の形で書いてあります。

理論篇

（篇：へん）

序章　日本語の文体と論理構造の特色

一　日本語の文体の特色

日本語の文体には、それを使用する者の社会的背景が多様に反映されている。日本語を学ぶ外国人に、このことを実感させるのは、大変難しい。これは、日本語を外国語として教えている人々が、共通に痛感していることである。文体が、どのように、その話し手あるいは書き手の社会的背景を映しているかは、日本語の文とそれを他の言語に翻訳(ほんやく)したものとを比べるとよくわかる。

例として、尾崎紅葉(おざきこうよう)『金色夜叉(こんじきやしゃ)』の有名なかるた会の場面から一部引用し、その翻訳(ほんやく)と比較(ひかく)してみよう。


「まあ、金剛石(ダイヤモンド)よ」

「あれが金剛石(ダイヤモンド)？」

「見給(たま)え、金剛石(ダイヤモンド)」

「あら、まあ金剛石(ダイヤモンド)」

「すばらしい金剛石(ダイヤモンド)」

「おそろしく光るのね、金剛石(ダイヤモンド)」

この一節を他の言語、例えば英語に訳す場合には、

"Oh, my gosh! It certainly is a diamond," a *lady* couldn't hold back her astonishment.
"Is that a diamond?" the others repeated her word.
"Look, it certainly is a diamond!" a *man* added.
"Oh my! Is it a diamond?" another *woman* couldn't restrain her jealousy.
"A magnificient piece, isn't it!"
"It shines so gloriously, doesn't it?" another *lady* intoned.

のように、話者の性別等、社会的な立場を表す表現を付加しなければならない。

日本語を教える教師にとって、「デス・マス」体と「ダ・デアル」体のどちらを基調として教えるか、ということが、初級の教科書の第一歩から問題になる。また中上級レベルの教授においては、身分の上下（じょうげ）、男女の性別等を区別する語、あるいは文末表現を習得せずに日本語を使用すると、コミュニケーションとして成り立たないことを教える。そのような区別の表現を意識することなく長年自国語を使用してきた人々に、これを教えることは、大変困難な課題である。例えば、話し言葉において、話し手、聞き手、そこで話題になる第三者各々（おのおの）の立場は、左図のような表現様式に反映される。

このような立場の違いを表す表現は、話者と対者が直接に対面することを前提とする話し言葉においては、特に不可欠な要素となる。比較的客観性を要求される書き言葉においても、このことは考慮されなければならない。同時に書き言葉では、文学作品、書簡、新聞記事等、文章のジャンルによっても、それぞれ特徴的な文体が使われる。それについては次章において、書き言葉、話し言葉のさまざまな文体の種類を論ずる際に、具体的に観察していただきたいと思う。

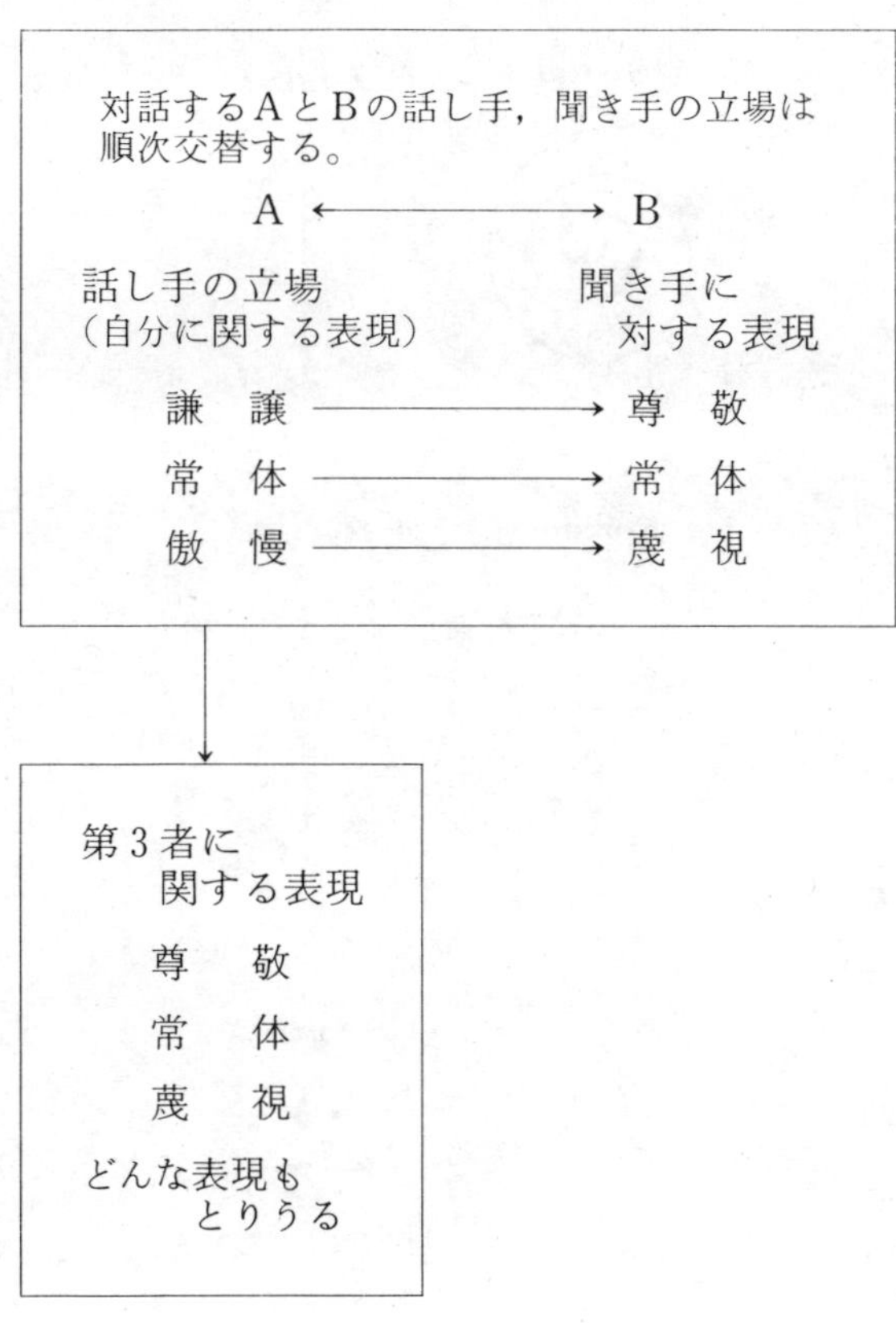

第1図

二　日本語の論理構造の特色

日本語だけでなくどんな言葉でも、自己の思想を表現しながら、同時に論理構造の一貫性を保つためには、以下のことに気をつけるべきだと思う。

主な言語の話者の論理構造の比較研究の成果として、ロバート・カプランが、"Cultural Thought Patterns in Intercultural Education : Language Learning"（1966）という論文を著した。その中で、異なる言葉を話す人々の持つ論理構造を左図のように相対的に図式化している。

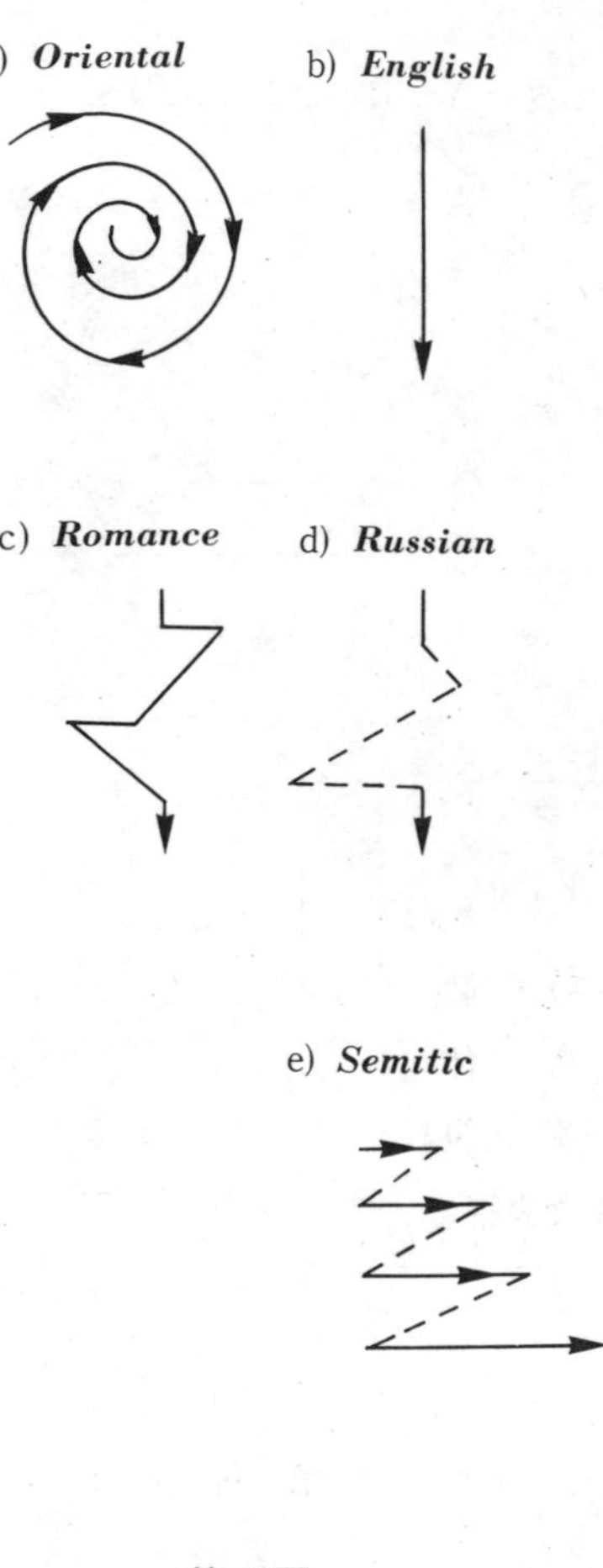

第2図

この論文については色々な批判が出ているが、このカプランの論理構造の相対比較（ひかく）の研究は、何語を母国語とする人がどのような論理構造を持っているかということを知るための手がかりというよりも、各言語社会に固有の論理構造が存在することを認識する上での言語教育に役立つものである。日本語の論理構造を学生に習得させる際に、その学生の母国語の典型的な論理構造と比較しながら教授すれば、日本語教育においてこれまで軽視されてきた、論理構造の学習の一突破口になるのではなかろうか。そして、それと同時に、日本人が文章を書く場合に、長い間、用いてきた起承転結の論理構造を受け入れていることも考え合わせなければならない。

典型的な起承転結の構造は、先の図式に従えば、

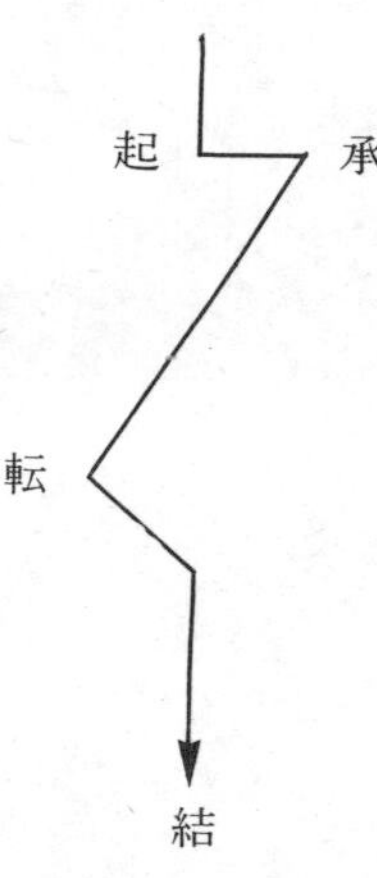

第3図

というラテン・ロマンス語またはロシア語論理に近いものになる。学習者の母国語が英語である場合は、第3図と第2図のaを考え合わせて理想の教授法を考えなければならないことになるだろう。

第一章　文体の種類

一　書き言葉

1　文学作品の主なもの

文学作品には次のようなジャンルがある。

(1)　小　説

作家の想像力に基づいて、作られる物語。読者に語りかけるように「デス・マス」体を使ったり、終助詞を多用する作家もいるが、ほとんどが「デアル」体で書かれている。

> 茶会から半月ばかり後、菊治は太田令嬢の訪問を受けた。
>
> 応接間に通しておいてから、菊治は胸騒ぎをしずめるために、自分で茶だんすをあけて、洋菓子を皿に取ってみたりしたが、令嬢が一人で来たのか、あるいは夫人が菊治の家へはいりにくくて表で待ってでもいるのか、そんな判断もつかなかった。
>
> 菊治が応接間の扉をあけると、令嬢は椅子を立った。うつ向いた顔に、受け口の下唇を固く閉じたのが、菊治の目についた。
>
> （川端康成『千羽鶴』）

(2) 随筆

特別な形式はないが、作者の感じたこと、見聞きしたこと、経験したことを書いた文。「デス・マス」体を使う人もあるが、ほとんど「デアル」体で書かれている。

この春、僕はまえから一種の憧れをもっていた馬酔木の花を大和路のいたるところで見ることができた。

そのなかでも一番印象ぶかかったのは、奈良へ着いたすぐそのあくる朝、途中の山道に咲いていた蒲公英やなずなのような花にもひとりでに目がとまって、なんとなく懐かしいような旅びとらしい気分で、二時間あまりも歩きつづけたのち、漸っとたどりついた浄瑠璃寺の小さな門のかたわらに、丁度いまをさかりと咲いていた一本の馬酔木をふと見いだしたときだった。

（堀　辰雄『浄瑠璃寺の春』）

(3) 詩（現代詩）

現代詩には、詩に使われる字数を揃えたり、形を揃えたりするものと、全く自由に作られるものとがある。文体について一定の特徴を指摘することはできない。

レモン哀歌

そんなにもあなたはレモンを待っていた
かなしく白くあかるい死の床で
わたしの手からとった一つのレモンを

あなたのきれいな歯がかりりと噛んだ
トパアズいろの香気が立つ
その数滴の天のものなるレモンの汁は
ぱっとあなたの意識を正常にした
あなたの青く澄んだ眼がかすかに笑う
わたしの手を握るあなたの力の健康さよ

（尾崎喜八編『高村光太郎詩集』）

(4) 短　歌（和歌）

五・七・五・七・七の字数で作られる。

野には花　空に満ちては　虹となる
　美くし君が　恋のため息　　与謝野鉄幹

露に覚めて　瞳もたぐる　野の色よ
　夢のたゞちの　むらさきの虹　　与謝野晶子

(5) 俳　句

五・七・五の字数で作られる詩、季節を表す言葉がもられることが多い。この言葉が無いもので、滑稽な内容を歌ったものは川柳という。

旅に病んで　夢は枯野を　かけめぐる　　芭蕉

(6) 戯曲

芝居の台本。芝居で話される会話文が書かれてある。

会話文の間に、演技や演出についての指示を書いたト書きが入る。ト書きは、だいたい「デアル」体の現在形で終わる。

主　やあ、どこへ行ったかと思ったら、雪だらけになって帰って来たね。

学生　林の中を歩いて来ました。雑木林の中なぞは随分雪が深いのですね。どうかすると、腰のあたりまで雪の中に埋まってしまいます。獣の足跡が一めんについているので、そんな上なら大丈夫かとおもって、足を踏みこむと、その下が藪になっていたりして、飛んだ目に逢ったりしました。

主　君と、兎なんぞが一しょになるものかね。それに、もういくぶん春めいて来ているから、凍雪もゆるんで来ているのだろう。だが、そうやって雪の中が歩けてきたら、さぞ好い気もちだろうなあ。

（堀　辰雄『雪の上の足跡』）

2　文学作品とも、叙述文とも考えられるもの

次にあげる日記、手紙文、評論は文学作品のジャンルにも入るが、そうでない場合もある。

(1) 日記

自分に語りかけ、通常、読者を考慮しないため、大部分が「デアル」体。

〔明治二十七年〕

三月二十二日（東京）

夜、ドイツ公使のもと。相変らず、出されるものはどれもこれも立派で、上等だ。確かに公使は、趣味の人だ。ただ、食ったり飲んだりすることや、外面的の事柄を最も重要視しないでくれればよいのだが！

六月二十二日（東京）

午後二時頃、ひどい地震。もう一揺れで、東京全市の半ばが廃墟となるところだった。さほど堅固に建てられてはいなかった石造やれんが造りの家屋のみがやられ、奇妙にも、特に公使館が全部やられた。自宅では、幸いにも、無事だった。日本式と半洋式の木骨家屋は最も被害の少なかったことが判った。これは住宅建築上、一つの教訓になることと思う。

（トク・ベルツ『ベルツの日記』）

(2) 書簡体（手紙）

日本語では、会話文より数段丁重になり、同年齢の特に親しい人との便りを除いて、年下の人に対する書簡体も、ほとんど例外なく「デス・マス」体である。

拝啓　日ごとに暖かさを増している今日このごろでございますが、お元気で御活躍の様子、何よりと存じます。

昨日はお忙しくいらっしゃいますのに、さっそく貴重な御本をお送りくださいまして、誠にありがとうございました。先日お電話でお話し申し上げましたように、ただ今論文を執筆中で、この本を資料に使いたいと思い、方々探し廻ったのですが、見つからずにおりました。かなり古い本ですので、あきらめていましたが、このようにお貸しいただけることになり、大変助かりました。なるべく早くコピーを取りお返し申し上げるつもりでおりますので、少しの間お貸しください。

まだ寒い日もあると存じますが、くれぐれも御自愛ください。とりあえず、一言御礼申し上げました。

敬具

三月十日

川村　明

山本　寛　様

注 旧来日本固有の書簡体と考えられてきた「候文」は、現在使える年齢層が旧世代に限られてきている。冠婚葬祭の表現等に使わなければならない場合は、何か模範を探して写すか、全く使用しないことを薦めたい。

(3) 評　論

何かについての批評を書いた文。

例　書評

『「在日」外国人』

江崎泰子・森口秀二編　晶文社刊

評者　山口令子
（ニュースキャスター）

特に首都圏に顕著なことだが、日本で暮らす外国人が増えてきた。電車などに乗っていると、色んなお国ぶりがうかがえて、とても楽しい。

原色でカラフルなのは、フィリピンの女性だ。陽気でよく笑っている。パキスタン人の男性も明るく、よく女性にちょっかいを出している。しかし、一人でいると寡黙だ。議論好きは中国人。男性側が、女性にやりこめられているのをしばしば見かける。

ところで、彼らは、日本と日本人をどのように見ているのだろうか。とても知りたいところである。新聞等では多くの場合、不法就労や犯罪等、社会的な現象しか取り扱っていない。一方「外国人の意見」として発言できる人と言えば、白人か、一部の有名人に限られている。

本書は、三十五カ国から来て普通に日本で暮らしている外国人、百人に対するインタビューをまとめたものである。年齢は十代から七十代、職業も、カメラマン・会社社長・労働者・ダンサー等、多岐にわたっている。

―中略―

興味深いのは、アメリカ・ヨーロッパなどの西欧人と、アジア・アフリカの人たちとでは、日本・日本人を見る時の視線がかなり異なる点だ。大雑把に言ってしまえば、西欧人は、自分の価値観を疑わず、「日本人はここがヘンだ」式の発言をする人が多い。口では「何故？」と言うこともあるが、それを手懸りに自分を見ていこうとしない。もちろん例外はある。

逆にアジア・アフリカの人たちは、往々にして「何故？」という発想から、自分の生れ育った文化を見極めようとする人が多いようだ。そうしなければ、日本の社会で生きていけないのかも知れない。彼らの日本観だけでなく、様々な文化がうかがえて、読んでいてとても面白い。

難を言えば、登場人物の年齢が示されていないケースがあることだ。インタビューとしては基本的な事項のはずである。

更に、本書で紹介されている人たちの内で、西欧人の数が多過ぎる点も挙げられよう。

（「文春ブック・クラブ」『文芸春秋』2月号）

3　学術論文

専門分野について書かれた論文を言う。

学術論文の文体は、例外的に、「デス・マス」体が使われることもあるが、ほとんど例外なく、「デアル」体が使われている。

全体の構成は、まず序の部分でこれから取り上げる論文の内容や目的が示される。続いて本文では章や節に区分けをして、論が展開される。終わりにまとめとして結論が述べられ、必要な場合には、引用や参考文献のリストがつけられる。

言語教育理論の史的発展と日本語教育

目標

どんな外国語教育においても、「教室における教授が単に経験と直感に頼るだけでなく、言語教育理論に基づいて選ばれた、もっとも適切な教授方法や手法で行われるべきだ」とは、よく、言われることであるが、はたして、現在まで言語教育理論はどのように発達してきたのであろうか。この小論において、欧米における言語教育理論の展開を歴史的に辿りながら、今後の日本語教育の発展にたいする手がかりが見つかるものかどうか、試みてみたいと思う。

　外国語教育はギリシャ・ローマ以来二千五百年の歴史を持っており、その間哲学者、言語学者、教育者などが、外国語教育、特にラテン語教育をいかに効果的に行うかについて、様々な意見を述べてきた。その教育理論は、主に十九世紀半ばに応用言語学の一分野として発展し、それ以後現在まで、殆ど例外なく言語学、または心理学の新理論の発展によって触発され、それらに追随する形、あるいは弁証法的発展という形で、理論的展開を遂げたと言えよう。また、何世紀にもわたって、欧米の外国語教育の基本であった、理解のためにもっとも適切な教授手段と考えられていた翻訳法（Grammar-Translation Method）と、それに対する反発として現れた、情報伝達のためにもっとも効果的だと考えられた直接法（Direct Method）の対立、そして、その対立から直接または弁証法的に派生したいくつかの教授法が、発展系列の中核をなした。それは、一九八八年の現時点までに、グローバルな痕跡を残したと考えられる三十五の教授法を、九つのグループに分類して、その歴史的意義を考えるとよく分かると思う。

4　新　聞

　新聞記事の構成は一般に以下のようになっている。各項目は一頁のときもあれば、二、三頁にわたることもある。これは、各社の新聞によって多少の差があるにしても、ほとんど、共通といえる。明治時代にタブロイド版四頁で始めた頃の名残で、政治欄を第一面、経済欄を第二面、社会欄を第三面、地方ニュース、学芸、連載小説、ラジオ・テレビ欄等を第四面と呼ぶこともある。ただし夕刊タブロイド版の構成は、通常の新聞の構成とは、異なっているから、ここでは、論じない。

○朝刊の構成

①（第一面、常に一頁だけ。）その日のトップニュース、もし特筆するべきものが一面全部を占めない場合は、大体政治・経済の主要なニュース。天気予報もこの欄。

②残りの政治・経済ニュース

③読者投書欄・社説

④日本と関係ある国際的なニュース

⑤日本と特に関係のない世界のニュース

⑥国際経済ニュース（最近はこれが一頁またはそれ以上を占めるようになった。国際通貨レート等はこの欄に出る。）

⑦生産経済・経営・財政ニュース

⑧記事に近い形式の広告

⑨株式市況（国内・国外）

⑩家庭欄

⑪芸能・文化・学術（連載小説の場所は新聞によって異なる。）

⑫スポーツ

⑬社会面（明治・大正・昭和初期に新聞に四面しか無かったときの名残をとどめてよく三面記事と呼ばれる。）

⑭ラジオ番組紹介（最近ＴＶガイドが最終頁に出るようになったため、別欄にした新聞社が多い。）

（1）　4版　　朝日新聞（夕刊）　1989年（昭和64年）1月7日　土曜日　36993号　（日刊）

天皇陛下　崩御

新元号「平成（へいせい）」

激動の昭和終わる

天皇陛下は七日午前六時三十三分、十二指腸部の腺（せん）がんのため、皇居・吹上御所で崩御された。八十七歳だった。憲法と皇室典範に基づいて、皇太子明仁（あきひと）親王が直ちに皇位を継承し、即位された。政府は天皇崩御と新天皇即位を告示するとともに、新元号は「平成（へいせい）」と制定した。「大喪（たいそう）の礼」は二月二十四日、国葬として行われることになった。戦争と平和、苦難と繁栄の歴史を刻んだ激動の昭和時代は、幕を閉じる。

朝日新聞　夕刊
朝日新聞東京本社
東京都中央区築地5丁目3番2号
電話（03-545-0131）〒104-11
©朝日新聞東京本社 1989

特別紙面　主な内容

昭和の明暗刻むご生涯（16面）

新天皇と新皇后の横顔（4面）　お言葉でたどる昭和史（8・9面）
写真アルバムにしのぶ（6・7面）　年表にみる主な出来事（10・11面）

明仁親王ご即位

87歳　歴代最長の在位

大喪の礼　2月24日

内閣告示（7日）

天皇陛下は、本日、皇居において崩御されたので、この旨内閣告示をもって公示することとする。

◇

天皇陛下崩御により、皇太子明仁親王殿下が皇位を継承されたので、この旨内閣告示をもって公示することとする。

「平成」あすから

元号を改める政令

内閣は、元号法（昭和五十四年法律第四十三号）第一項の規定に基づき、この政令を制定する。

元号を平成に改める。

〈附則〉この政令は、公布の日の翌日（一月八日）から施行する。

社説

「昭和」を送る

⑮ローカル・ニュースまたはその地方特有の文化などの記事
⑯TVガイド

○夕刊の構成

朝刊と比較して、多様性が強い。それは朝刊に掲載されなかったその日のニュースを載せるのがもっとも重要な夕刊の使命であるからであろう。だから、ニュースの少ない日には、とかく、学芸記事や家庭向きの記事が多くなる傾向がある。

新聞には、その記事の内容によって、様々な文体が見られるが、まず第一にどの記事にもついている「見出し」の部分の例文を見よう。朝日新聞一九八九年一月七日の夕刊と、一月九日の朝刊の「見出し」から、いくつかを掲げる。

天皇陛下　崩御
激動の昭和終わる
87歳　歴代最長の在位

「平成」　あすから
明仁親王ご即位
皇后さま　まくら元でお別れ
弔問の人波続く　皇居前
「不幸な過去、誠に遺憾　繰り返されてはならない」

どの見出しも、次に続く記事の内容を表す短い文で書かれている。特に注意したいことは、名詞止め、副詞止めの文が多いこと、文中の動詞のテンスは全て現在形が使われていること、イ形容詞、ナ形容詞とも語幹止めになることが圧倒的に多いこと等である。

(1)　第一面の記事

ここには、国の内外で起こった重大なニュースが載っている。どこで、どのようなことが、どうして起こったのか。そのためにどんなことがなされるのか、などが、かなり固い文体で述べられている。例外なく、「デアル」体で書かれる。

(2)　「天声人語」等、社内記者担当の随筆欄

「天声人語」などは、新聞社のスタッフが、その時々の世界や社会の動き、出来事についての意見や批判を、自由に書き記したものである。非常にわかりやすく、含蓄のある文なので平明な文の書き方の参考になる。終助詞、感嘆詞等を用いて、非常に話し言葉に近いが文体は「デアル」体である。

(3)　社説

さまざまな事件について、各々の新聞社の論説委員が社を代表し、責任を明確にして発表する意見や主張が述べられる欄。読者に呼びかけることを前提としているが、「デアル」体しか使われない。

(4)　読者の投書欄

この欄には、読者が感じたこと、考えていることなどを自由に書いた文が載せられている。文

天声人語

新しい元号が明治にきまった、と知るや、こんな落首が現れた。「上からは『明治』だなどといふけれど『治（おさ）まるめい』と下からは読む」。どんな元号もはじめは違和感があるらしい▼時代をとらえるのに元号はたしかに便利だ。「昭和ひとけた」という。例外はあるにしても、ある共通点、特徴をもった人々の一群が想像できる。これを「一九二六年から三四年までに生まれた人々」といっても、ピンと来ない。「降る雪や明治は遠くなりにけり」という草田男の句も、「明治」が「一九一二年」では何の興趣もわかぬ▼元号はそのくらい生活や意識に住みついてしまっている、といえる。毛沢東は明治二十六年生まれ、ケネディは大正六年、アラン・ドロンは昭和十年、そしてフロレンス・ジョイナーは昭和三十四年、と考えると、親しみというか、ちかしさが増すような気までする。だが、われわれの年号神経は複線になっていて、西暦による表現もけっこう意識に根をおろしている▼世界の若者が新しい価値観をもとめて反逆し、活発な運動をした一九六〇年代。それを昭和何年とは言いかえられない。外来のもので、週の曜日は完全に定着した例だが、西暦はすでに日常の生活にはいっている。仕事で西暦を使う人は多い。外国と関係をもつ業務もふえている▼旅券はいい例だが、あらゆる国際交流の場で西暦が便利な時代である。ふたつの呼び方で年を数えるのは、文化としてみるとゆたかだが、実際面では換算の面倒がともなう。実務的な面では、むしろ西暦の利用を進める時代が来ている▼平成への改元で、若い女性が「としをとるような気がする」と言う。人をからかうのに使った「前世紀の遺物」呼ばわりを思い出す。一九三〇年代あたりまで残っていた。彼女たちも「へえ、昭和生まれ！」と言われる日を予感するのだろう。さて、としを少なく思わせるには、どちらの方が便利かな。

体は、投稿者の好みと投稿の内容によって、「デアル」体と「デス・マス」体の両方が使われている。

(5) 広告・求人案内

広告欄には、できるだけ人の目を引くために、言葉は短く簡単に、わかりやすく、必要なことだけが記されている。特異な効果を目標としているため、呼びかけ調やスラング等を多用しているため、一定の文体は指摘できない。

(6) 三面記事

原則として、この欄には、事件や事故のニュースが出ている。

25頁の記事に関して、次のことを頭において読みなさい。(質問は始めの段落のみ)

① この事件が起きたのはいつか。

② どこで起きたか。

③ どんな事件が起きたか。

④ その結果、どんな影響があったか。

新聞の記事の目的は、できるだけ多くの人々に、世界の出来事を知らせることである。したがって文章の構造はかなり簡潔で、わかりやすく書いてある。記事の内容によって、さまざまな語彙が使われるので、難解に見えるが、少し読み慣れると文体が決まっているので、理解しやすくなる。読む時には、誰が、どこで、何を言ったのか、どこで、いつ、どんな事が起こったのかを読みとっていくようにするといい。

通信ケーブル焼ける

JRと小田急　発火装置、過激派か

八日午前五時半ごろ、東京都渋谷区恵比寿西二丁目のJR山手線外回り軌道敷内の側溝内で発火、埋設されている通信、信号ケーブル計十四本のうち直径四㌢の通信ケーブル一本が焼けこげた。JR東京圏運行本部によるとこの事故で、五反田駅にあるコンピューターを使った指定席券などの発券機二台全部と、目黒駅の同機二台のうちの一台が、午前九時ごろまで使えなくなり、手作業で切符を販売した。新宿―大崎駅間の各駅を結ぶ専用電話の一部も午前八時二十分まで不通になった。

警視庁公安部の調べでは、このほかに側溝を覆っているコンクリートのフタがこじあけられており、焼けたケーブルのそばに乾電池や発火剤など時限式発火装置があった。同公安部は過激派のゲリラ事件とみている。

また同日午後六時半ごろ、小田急線町田―相模大野駅間で、本厚木発新宿行き普通列車（六両編成）が突然、停車した。小田急電鉄で調べたところ、神奈川県相模原市上鶴間の小田急線町田駅南口付近の側溝に埋めてあるATS（自動列車停止装置）と信号機を結ぶ直径約二㌢のケーブル一本が切断されており、ATSが作動して停車した、とわかった。

このため、同列車が現場に二分間停車したが、町田―相模大野駅間は手動運転に切り替え、後続列車に影響はなかった。

神奈川県警相模原南署と警備部で調べたところ、鉄ノコが現場に落ちており、ケーブルはこれで切断されたらしい。

警察庁の調べでは、昨秋以来、天皇制反対を掲げる過激派のゲリラ事件は、東京都八王子市にある武蔵陵墓地内の枯れ草が焼かれるなど十一件あり、いずれも革労協狭間派の犯行。

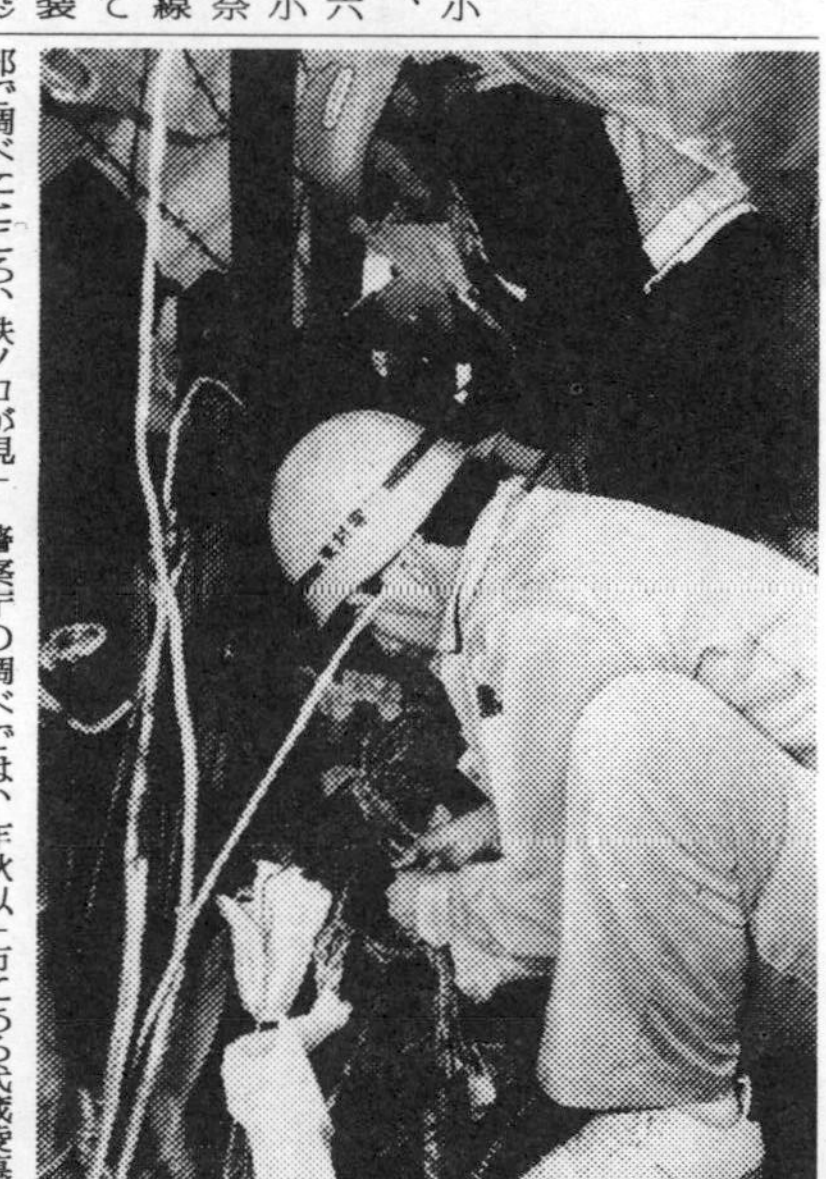

自動発火装置で焼き切られたJR山手線の信号用配線を修理する職員ら＝8日午前8時40分、東京都渋谷区恵比寿西2丁目で

ただし、読者の興味をそそることに主眼をおいたタブロイド版においては、感嘆詞、「程度の副詞」、終助詞を多用する、見出しや本文に対話体を多く混入する等の傾向がある。ここまで論じた通常の新聞の文体と比較すると、面白い研究材料になる。

5　公文書・報告文・雑誌

この他、公文書、報告文、様々な雑誌の記事、政治団体のアジビラ等の文書には、異なった文体が見られる。

(1)　公文書

公文書とは、国の機関が作成した文書のことを言う。

一九七〇年頃までは、「デアル」体であるばかりでなく、「――すること」とか「――べきである」というような命令調の表現が多かったが、一九八〇年代に入ってからは、「デス・マス」体が使われるようになった。また、「――して下さい」とか「――していただきたいと思います」等の丁寧な依頼の表現も多用されるようになった。

例　所得税の確定申告の手引き

この「確定申告の手引き」には、次のことがらを説明してあります。

○　確定申告をしなければならない人
○　確定申告をすれば税金が戻る人
○　申告書や税額計算書の種類

○ 複写式の申告書を使用される方へ
○ 税金の納付
○ 地方税に関する事項

申告と納税は……二月十六日から三月十五日までです。　（税務所）

(2) 政治団体のアジビラ等

全学連や労働組合のアジビラ等はそれぞれの主義主張を明白にする目的で、極端に煽動的な語彙の選択の他に、「——するのであるのであります」のように述部補語を反復して強調したり、注意を促す傾向が強い。アジビラ、アジ演説等は通常「デス・マス」体である。

問題〔一〕

次の文を読んで、それが文学作品のどのジャンルのものか、記号で記しなさい。

(1) 小説　(2) 評論　(3) 現代詩
(4) 短歌　(5) 俳句

A

落葉松

一

からまつの林を過ぎて、
からまつをしみじみと見き。

からまつはさびしかりけり。
たびゆくはさびしかりけり。

二

からまつの林を出でて、
からまつの林に入りぬ。
からまつの林に入りて、
また細く道はつづけり。

B

真夜中に吾を思い出す人のあることの幸せ受話器をとりぬ

「この味がいいね」と君が言ったから七月六日はサラダ記念日

我だけを想う男のつまらなさ知りつつ君にそれを望めり

C

それにしても荷風があれほどヨーロッパの新芸術に心酔できたのは、むしろ否定しても否定できない〝江戸〟が、ひそかに信じられていたからではなかったろうか。セーヌの後ろに隅田の流れがなかったならば、荷風の文章が文学になることはありえなかったのである。「有用」の観念によって国家に奉仕した父にたいして、あえて「無用」であることを意欲したとき、荷風の夢——少なくとも青年期の荷風の夢——は、西欧近代詩人の悲劇が、江戸文人のアナクロニズムと二重うつしになるような場所以外には成立しようがなかった。そして詩人が世俗にそむきつつ、没落においてこそ栄光を担い、なお歴史のうちに抱きとられてゆく場所があるとすれば、それは墓地という聖所においてである。ボードレールもモーパッサンも、等しく世に背きつつ、歴史に抱きとられていったではないか。その墓はモンパルナスその他にある。

D　閑かさや岩にしみ入る蟬の声
五月雨をあつめて早し最上川
あか〳〵と日は難面も秋の風

E　十八年という歳月が過ぎ去ってしまった今でも、僕はあの草原の風景をはっきりと思い出すことができる。何日かつづいたやわらかな雨に夏のあいだのほこりをすっかり洗い流された山肌は深く鮮かな青みをたたえ、十月の風はすすきの穂をあちこちで揺らせ、細長い雲が凍りつくような青い天頂にぴたりとはりついていた。空は高く、じっと見ていると目が痛くなるほどだった。風は草原をわたり、彼女の髪をかすかに揺らせて雑木林に抜けていった。梢の葉がさらさらと音を立て、遠くの方で犬の鳴く声が聞こえた。まるで別の世界の入口から聞こえてくるような小さくかすんだ鳴き声だった。その他にはどんな物音もなかった。どんな物音も我々の耳には届かなかった。誰一人ともすれ違わなかった。まっ赤な鳥が二羽草原の中から何かに怯えたようにとびあがって雑木林の方に飛んでいくのを見かけただけだった。歩きながら直子は僕に井戸の話をしてくれた。

A（　　）B（　　）C（　　）D（　　）E（　　）

二　話し言葉

1　日常会話

(1)　フォーマルな話し言葉とインフォーマルな話し言葉

日本語の話し言葉では、話し手とその話す相手との関係によって、レベルの違う表現が使われる。話し相手が話者より目上の場合には敬語が用いられる。その敬語も、話し相手がどの程度目上であるかにより、いくつかの使いわけがなされるので、むずかしいわけである。

日本語の敬語は、尊敬語と謙譲語の二つに分けられる。尊敬語は話し相手や、話の中に出てくる人に敬意を表す言葉で、謙譲語は自分自身や身内の者について、謙遜していう言い方である。したがって尊敬語と謙遜語は表と裏の関係にある。また同一の場で同一の文中に同時に使われる表現である。なお、親しい友人や同僚、家族の中では敬語は使われず、インフォーマルな表現が使われる。この他、ひとり言にも、インフォーマルな言い方が使われる。

注　くわしい敬語の表現については、本シリーズ10『敬語』を参照のこと。

問題〔二〕

次の会話文を読み、AとBはどんな間柄か、aからeの中から選び記号を記しなさい。

a　先生と学生　　b　夫と妻　　c　友人同士

d　母親と子供　　e　社長と秘書

例

A　先生、もう少し字を大きく書いていただけませんか。

B　はい、そうしましょう。

解答　a（先生と学生）

1

A　君、来月あたり、スキーに行かない？

B　いいね、僕もちょうど、行きたいと思っていたんだ。ちょっと高いけど、北海道なんかどう？

A　北海道？　そうだね、まだ行っていないから思いきって行ってみようか。

B　去年行って来た田中の話だと、とても良かったそうだよ。

2

A　遊びに行ってもいい？

B　宿題はもうしたの？

A　半分だけね。でもあとは帰って来てからするから……。

B　だめよ。全部終わってから行きなさい。

3

A　あなた、お帰りは何時頃ですの？

B　今晩は社長のおともで、宴会に出なきゃならない。

A　太郎がお父さんに進学のことで、御相談したいって言ってるんですけど……。今晩早くお帰りになれません？

B　わからんなあ、どうなるか。

A　そうですか……。

4
A お帰りなさいませ。
B うん。
A 社長のお留守に、三井の横山社長よりお電話がございまして、できれば明日お時間をいただきたいとのことでした。
B 横山社長が？ 何だろうか。明日の予定はどうなっているかな。
A はい。三時に東洋銀行の山本様が、おいでになります。
B ああそう。じゃあその前に会おう。

1（　　）2（　　）3（　　）4（　　）

問題〔三〕

次の文の傍線部分を、フォーマルな言い方にしなさい。

1 昨日の地震のとき、あの人ったら、ブルブル震えてんのよ。（　　）
2 でも、もう行くって言っちゃったわ。（　　）
3 五時までには、成田に行かなくちゃなんないの。（　　）
4 山田君に、もう今日は戻って来ないって言っといたけど……。（　　）
5 悪いけど、君一人で飲んでくれよ。（　　）
6 そんなこと、あっちへ着きゃあわかるだろう。（　　）
7 三時頃、来るって言ったわ。（　　）
8 店はとっくの昔にあいてんのよ。（　　）

9　やっぱり行かなきゃ、あの人に悪いと思うけど……。

（　　　）（　　　）

10　あの人、ものすごく怒ってて、あんたとなんか話したくないんだって……。

（　　　）（　　　）

(2)　男性語と女性語

日本語には男性語と女性語の違いがみられる。特に、仲間、家族の間でかわされるインフォーマルな会話には、この違いが顕著である。次の例は女性が使わない男性語の一部である。

○人称代名詞

僕、おれ（私）

君、きさま、おまえ（あなた）

こいつ（この人）

○名詞

めし（ごはん）

はら（おなか）

くい物（食べ物）

○動詞

くう（食べる）

これに対し、女性は丁寧語や美化語と言われる表現を多く使っている。

○名詞

お電話、お仕事、おけいこ、おセット、おビール、お食事、お勉強

○形容詞

お寒い、お高い、お近い、おきれい

また女性は、男性に比べ日常生活の中で敬語をよく使う。改まった場所だけではなく、友達や家族の間でも丁寧な表現を使うことが多い。

男性は公的な場所では、敬語を使うが、同僚や家族の中ではかなりくだけた表現を使う。このような男性の話し言葉を学ぶには、終助詞の働きを知ることも一つの方法である。男性と女性の終助詞の使い方をチャートにすると次のようになる。フォーマルな場合はそれ程差がないようだが、インフォーマルな場合には、違いがはっきりしている。

フォーマル	
語幹 -活用語尾	中性（男女）
名詞 -です -でした ナ形容詞 -です -でした	ね よ
イ形容詞 -です -かったです	ね よ
動詞 -ます -ました	ね よ

チャートの例文

1　フォーマルな場面の表現

①名詞

ここは千代田区(ちよだ)ですね。（男性・女性）

②ナ形容詞

とてもお元気でしたよ。（男性・女性）

③イ形容詞

寒いですね。（男性・女性）

インフォーマル		
語幹 -活用語尾	男性	女性
名詞 -だ -だった **ナ形容詞** -だ -だった	ね よ な さ	〔な〕の* 〔な〕のね 〔な〕のよ わ わね わよ
イ形容詞 原形 -かった	ね よ な さ	の のね のよ わ わね わよ
動詞 原形 -かった	ね よ な さ	の のね のよ わ わね わよ

＊〔な〕は女性形のみ
この他女性は[原形＋ね]の形も使う。

あの丘から見た夜景は、想像以上に美しかったですよ。（男性・女性）

④ 動詞

あした六時にいらっしゃいますね。（男性・女性）

お客様がおいでになりましたよ。（男性・女性）

2 インフォーマルな場面の表現

① 名詞

これ、僕のだね。（男性）

あの人が犯人だったのよ。（女性）

② ナ形容詞

勿論、好きだったよ。（男性）

展覧会は本当にきれいだったわ。（女性）

③ イ形容詞

いやあ、渋滞はひどかったよ。（男性）

嵐が来たら、それは恐ろしいわよ。（女性）

④ 動詞

何度も、忠告してみたさ。（男性）

あの人、とうとう決心したのよ。（女性）

問題〔四〕

次の会話文を読み、発話が女性の場合はF、男性の場合はM、どちらとも考えられる場合はNを

（　）の中に入れなさい。

1
A　あの人、本当に来るかしらね。（　）
B　来ると思うわ。（　）

2
A　山田君の考えはどうもわからないな。（　）
B　そうね。時々言うことが変わるので、困ってしまうのよ。（　）

3
A　いったい君は誰からそんなことを聞いたんだね。（　）
B　それが部長、信じられないでしょうが、神戸物産の常務からなんです。（　）

4
A　早く起きないと学校におくれるわよ。（　）
B　大丈夫だよ。まだ早いよ。（　）

5
A　僕の上着、どこにあるか知らない。（　）
B　ああ、あれ、きのう洗濯屋に出したわよ。（　）

6
A　わざわざいらしてくださったのね。嬉しいわ。（　）
B　どうしてもお会いしたくなったのよ。それで、出かけて来てしまったの。（　）

7
A　部長も行くさ。（　）
B　そうかな。行かないと思うけどな。（　）

8
A　こんな気持ちになったの久しぶり。なんだか幸せで、夢みてるみたいだわ。ああ、時間がたたないとどんなにいいかしら……。（　）
B　そうかなあ。君はいつでも幸せそうにみえるけどね。（　）
A　あら、そんなことないわ。（　）

9　A　あいつ、ばかだな。行くなと言ったのに、行くから悪いんだ。（　）
　　B　本当にな。みんなでとめたのに……。（　）

10　A　すっかりおそくなってしまって、ごめんあそばせ。車が動きませんでしたの。（　）
　　B　よろしいのよ。お気になさらないで。（　）

(3)　共通語（標準語）と方言（地域語）

日本では全国でだいたい同じ日本語が通じるが、地域によって異なる語や、発音、言い方などが使われることがある。これをその地方の方言と呼んでいる。例えば、「ありがとう」という言葉の代わりに、京都（きょうと）では「おおきに」という表現が使われている。また「いらっしゃいませ」は「おいでやす」という言い方になる。この例のような短い言葉だけでなく、発音や文法も変わってしまう場合が多いので、その土地に生まれ育った者でなければ、日本人でも方言を聞きとるのがむずかしい。

この「方言」に対して、テレビやラジオのアナウンサーが使っている話し言葉や、新聞、教科書、普通（ふつう）の単行本などに見られる書き言葉を、「共通語」、あるいは「標準語」と呼んでいる。外国人に対する日本語教育では、だいたいこの共通語を教えている。

2　改まった場面での話し言葉

(1)　報道関係（テレビ・ラジオのニュースなど）

次にあげる例は、平成元年二月十七日、正午のNHKのテレビニュースの一部である。新聞の書き言葉とどんなところが異なっているか、観察しなさい。

きのう横浜港ＮＫＫの鶴見製作所で起きたインドの貨物船の火災で、船内から遺体で見つかった十人全体の身元が確認され、神奈川県警察本部では、火元と見られるエンジンルームを中心に現場検証をして、火災の原因をくわしく調べています。現場から中継でお伝えします。

横浜港の火災現場です。貨物船ジャグ・ドゥート号の現場検証が先程午前十時半から行われています。警察と消防合同の現場検証です。亡くなったかたの家族による身元の確認は、午前中で全て終わりました。エンジンルームに閉じ込められていた女性二人を含む、十人の身元が確認されました。遺体の状況などから、ほとんどの人が逃げる途中、一酸化炭素中毒で死亡したものとみています。

(2)　演説（挨拶、テーブルスピーチ等）

演説は多くの人の前で、自分の主張や意見を述べるため、かなり強い語調が用いられることが多い。「デス・マス」体が使われるが、「……であります」「……であると信じます」「……だと思うんであります」「……ていただきたい」等といった表現が多く使われる。

また文と文の間、文節の間に、「エー」「アー」といった間投詞が多く入る。

(3)　講義（発表、報告等）

日本の大学での授業の多くは、講義の形式をとっている。講義も演説と同様の「デス・マス」体が用いられる。また間投詞が非常に多く使われ、言いかえや言い直しもかなりみられる。専門用語がくり返し出てくる。

文　体　40

「経済から時代を読む」
——国際社会と日本——

大来佐武郎講師

エー、この「経済から時代を読む」というシリーズ、今まで四回やって参りましたが、アー、今日はその最後の回であります。

ウー、国際社会の中の日本、オー、これまで日本がたどってきた途、それから世界の情勢、エーその中で、エー国内的にも、オー日本はアー、この生活の質というか、生活の中身をより充実するという課題を、オー考えていますが、同時により対外的には、アー経済大国ウーという立場になって来まして、エー国際的に役割を果たさなければならない。そういうウー課題に直面しているわけで、エー今回は次の世代の日本人がウー、まあたくするべき問題、エーそれからその考え方について申し述べてみたいと思います。

エー、まず第一にその経済大国として、外の世界にエー、どういうエー、役割を日本が果たしていかなければならないか、まあそれを考えてみたいと思うんですが、国力の比較で良く使われますのは、GNP、国民総生産、エーの比較でありまして、まあ普通、エー、ドルで表示してますが、アー日本はアー戦争の後、どん底に落ち込んだんですが、一九六〇年、所得倍増計画が作られた頃、だいたい世界のGNPの三パーセントで、オーありましたが、一九八〇年には十パーセント、ごく最近は円高経済になりまして、ドルではかると、十二、三パーセントになっているかと思います。

これに対して、アメリカのGNPは、アー一九五〇年代のウー始めには、アーだいたい世界の経済の二分の一と、オー一九六〇年になりますと三分の一と、一九八〇年になると四分の一と、エーごく最近ではドル安のこともあって、二十二パーセント程度、ウーになっているかと思います。まあ現在日本が十二パーセント、アメリカが二十二、三パーセントとウーいうようなことで、人口は日本がアメリカの半分ですから、やはりアー、一人あたりでは、ドルで計算すると、日本の方がややアメリカを、エー上まわるというようなアーことになっておるわけであります。

注○講義の中の間投詞を、カタカナで記した。
○この講義は、NHKのラジオ市民大学講座で放送されたものである。
○講義の聞き方については、産業能率大学出版部『講義を聞く技術』（目的別日本語教材シリーズ）参照のこと。

(4)　対談（座談、討論等）

フォーマルな場面での対談には、「デス・マス」体が使われるが、くだけた表現や、終助詞なども入ってくる。話し合いなので、演説のように準備したものと違い、その場で自分の意見や考えを述べるため、語順の乱れや省略がおこりやすい。

対談の例

「日本語の難しさ」

〈漢　字〉

金田一　じゃあここで話題を変えて。（笑）そう。ラジャカルナさん、何か日本語を勉強していて、むずかしいなと思ったようなことがありましたら、お話を。

ラジャカルナ　一番むずかしいのは、漢字です。

金田一　漢字でしょうね。いや日本人でも、むずかしいんです、漢字は。

ラジャカルナ　でも、日本人は子供のころから見ていますから、そんなにむずかしくないでしょうけど、われわれには、漢字はとてもむずかしいです。大正時代のころの文学作品には、振り仮名をしているのがありますが……。

金田一　振り仮名、そうですね。あれは有難かったですね。

ラジャカルナ　わたしの場合は、ああいうふうにしてくれたら、むずかしいのももっと早く読めると思います。

金田一　漢字の数を今より減らそうという意見もあるんですよ。全部やめてしまってすべて仮名で書こうという意見もあります。

柳　韓国人とすれば日本の漢字は、意味はわかるんですけどね、訓読みがむずかしいわけです。

金田一　そうでしょうね。

柳　意味はわかるんですけどね。

ラジャカルナ　あの、私にとっては訓読みでなくて、音読みがむずかしいです。

柳　韓国人には音読みはわかるわけです。韓国語をもとにして大体の見当がつく。

ラジャカルナ　私たちは日本語を勉強したら、ほとんどの漢字は訓読みが出来ます。むずかしいのは音読みの方です。

金田一　音読みのほうはふだんの会話の使わないことばが多いからむずかしいんでしょうか。

それとも同じ音の言葉が多いとか。

ラジャカルナ　たくさんあります。

金田一　そういうことで、覚えにくいんでしょうね。

ラジャカルナ　だから、われわれスリランカ人にもインド人にもね、漢語の多いことは日本語を勉強するときにとてもむずかしいです。

柳　いや、韓国人はね、音読み、訓読みがむずかしいというのではなくて、訓読みと音読みの混合がむずかしいです。もちろん読めますし、意味もわかりますけど、たとえば地下鉄の駅名に「表参道」とありますが、これを「オモテサンドウ」と読めずに、「オモテマイリミチ」とか「ヒョウサンドウ」と読んでしまいます。これからは日本人だけがわかればいい時代ではなく、もっとインターナショナルにならなければなりませんので、音読みと、訓読みをなにかしるしをつけて区別してもらえると助かるのですが……。

金田一　それはいいことですね。人によっては漢字は全部音読みに使って訓読みをする時には仮名で書こうと言った人もありました。古くは岡倉由三郎さん、戦後は亀井孝さん。

（国語学会編『外から見た日本語、内から見た日本語』）

問題〔五〕

この座談の記事を読んで、主な内容を二百字以内で書きなさい。

(5)　芝居（テレビ、ラジオのドラマ等）

これは会話文と同じ形である。内容によって、フォーマルな表現もインフォーマルな表現も使われる。

三　書き言葉と話し言葉の相違点

これまでの例から、書き言葉と話し言葉の相違点は、以下のようにまとめられる。

(1)　書き言葉の特徴

①文は長めで、かなりむずかしい語彙も多く使われる。

②文の構造は規則に従ったものが多く、省略はほとんどない。文には修飾語などが使われ、重文、複文が多くなる。

③改まった表現が多く使われる。

④文体の種類として、漢文体・和文体・文語体・口語体・書簡体・論文体などがある。

⑤文体はそのジャンルによって様々であるが、論文、公文書などでは「デアル」体が使われている。

⑥書き手からの発信が一方的であるため、書き手は伝えたいことを明確に表現しなければならない。

⑦書かれてあるので、読み手は何度も読み直すことができる。

(2)　話し言葉の特徴

①文の長さは比較的短く、理解しやすい語彙が多く使われる。

②敬語・感動詞・終助詞・疑問詞などが多く用いられる。

③倒置・中断・語順の乱れなどが、おきやすい。

④男性語・女性語の違いや、方言が現れる。

⑤断りや断定などの表現では、柔らかみをもたせるため、なるべく直接的な表現を避けることが多い。

⑥主語を始め、話者同士が了解し合っていることなどは、省略されやすい。

⑦特に親しい人との対話を除いては、必ず「デス・マス」体が使われる。

⑧書き言葉に比較して述部補語「の(ん)だ」「の(ん)である」「の(ん)です」「の(ん)であります」等が多用される。特に強調文においてよく使われる。

⑨話し手の表情や顔色を見て、理解を深めることができる。

第二章　学習上の文体認識の問題点

一　代名詞の先行詞の確認

日本語の文には、「これ・それ・あれ」や、「ここ・そこ・あそこ」などという指示代名詞がよく出てくる。

例　1　きのう友達と食事しました。この友達は私と同じ国から来た留学生です。

2　日曜日に近くの公園へ行きました。そこは静かだったので、のんびりできました。

例文1の「この友達」は、きのう食事をした友達であり、例文2の「そこ」は、日曜日に行った公園を指している。文を正しく理解するためには、代名詞が前の部分の何を意味しているのかを読みとらなければならない。

注　代名詞については、本シリーズ16『談話の構造』を参照のこと。

問題〔一〕

次の文の代名詞は、何を指しているか書きなさい。

1　マレーシアの首都クアラ・ルンプールは、独立後の新しい都市だ。①これを記念したレーク・ガーデンと呼ばれる美しい公園があり、マレーシアの誇る美しい国会議事堂の白亜の建物が、明るい南国の太陽の下に白く輝いている。②この議事堂を見下す隣の丘の上に、戦没者を記念するモニュメントがある。

（鳥羽欽一郎『二つの顔の日本人』）

2　一七七三年、漢字では西山党の乱と書く、タイ・ソンの乱がおきた。①これはもともと、農民の暴動であったものが、都市の商人にまでひろがったものである。メコンデルタではチャムの勢力が弱まり、自給自足的な農村を中心に、半独立の状態にあったが、②そこにグエン家の支配が強まってきたことへの反発が起こった。ユエの王朝は③これを鎮圧しかねているうちに、ハノイ軍にユエを占領されてしまった。

（三浦朱門『東南アジアから見た日本』）

1　①（　　　）②（　　　）

2　①（　　　）②（　　　）③（　　　）

二　省略部分の確認

第一章の三で述べたように、話し言葉では書き言葉以上に、話者の間で了解していることは、省略される場合が多い。

A　おすし、お好きですか。

B　ええ、好きですよ。

右の会話では、Aは「あなたは、おすしが好きですか。」と言うところを、二人で話しているので主語を省いている。また助詞も省かれている。Bは、「ええ、私はすしが好きですよ。」と言う代わりに、お互いに了解し合っていることなので、「ええ、好きですよ。」と答えているわけである。

問題〔二〕

次の対話文には省略されている部分がある。（　　）の中に省略された部分を書きなさい。

1　A　山田さんは今日来るかしら。
　　B　（　　）来るって言ってたわよ。

2　A　この飛行機、何時に香港に着くの。
　　B　（　　）十一時（　　）。

3　A　すみません。カメラの売場は何階ですか。
　　B　（　　）五階でございます。

4　A　今朝の新聞によると、副社長が収賄の容疑で検挙されたそうですね。
　　B　へえ、本当ですか。この次は部長（　　）かな……。

5　A　松本さん、飛行機の操縦を習ってるんですって。
　　B　流行なのかな。僕も（　　）習おうかな。

6　A　岡商事と三山物産では、岡商事の方が将来性があるでしょうね。
　　B　いや、三山物産の方（　　）でしょう。

7　A　御注文は。
　　B　君、何にする。

C　僕は、すし（　　　　）。

8　A　この前の土曜日、パウル・クレーの展覧会を見て来た。

B　そう。それで（　　　）どうだった。

9　A　ジョンさんは、日本に来てそろそろ一年ですね。日本人のビジネスのやり方について、変だと思うことがありますか。

B　たくさん（　　　）ありますよ。

10　A　山田先生のレポートの題、出たって。

B　うん（　　　）「企業の海外進出の将来」だって。

例

A　あなたの会社は、どこにありますか。

B　渋谷です。

右の文のように「私の会社は渋谷にあります」と言うところを、「渋谷です」と「です」におきかえて言うことがある。

問題〔三〕

次の文の「です」は何を代用しているか、（　）に書きなさい。

1　A　きのうはどこへおでかけになったんですか。

B　銀座です。（　　　）

2　A　ずい分複雑な計算が早くできるんですね。何を使って計算なさるんですか。

B　コンピューターです。（　　　）

3　A　お酒お飲みになる、それともおビール。
B　酒だ。（　　　）

4　A　社長は何時にもどられるの。
B　一時半です。（　　　）

5　A　日本の土地がこんなに値上がりした理由は何だと思いますか。
B　無能な政府ですよ。（　　　）

6　A　次の選挙に川村候補は当選できますかね。
B　まず無理ですね。（　　　）

7　A　その事故で何人がけがをしたんですか。
B　五人です。（　　　）

8　A　米国債券に対する日本の金融機関の投資も対外債務として計上されるわけで、これには金利を払わねばなりませんよね。
B　おっしゃる通りですね。（　　　）

9　A　それで学長の講演料は、いくらぐらい用意したんですか。
B　五十万円ですが……。（　　　）

10　A　職務権限を利用したと言えますね。
B　そうですね。（　　　）

注　この項目について、くわしくは本シリーズ16『談話の構造』を参照のこと。

三　倒置文の正置（語順の問題）

話し言葉は、話者のその時の気持や考えが表現されるので、強調されたり、つけ加えられたりする部分が多くなる。そのために語順が変わってしまうことがある。

A　きのう、どこかへ行った。

B　行ったよ。六本木へ。

Bの文は普通は、「六本木へ行ったよ」となる。しかし「行ったよ」という部分が強調されているために、語順がこのように変わったのである。

問題〔四〕

次の文を正しい語順になおしなさい。

1　①いくら黙っていても、②すぐわかるのよ、③ちょっと見れば。（　）（　）（　）
2　①山田さんって、②色の白い人ですね、③まるで透きとおるような。（　）（　）（　）
3　①結局そこで、②三時間も話し込んでしまったんです、③子供の話ばかりでしたが。（　）（　）（　）
4　①行ってみたいわね、②あしたにでも、③あの高原へ。（　）（　）（　）
5　①もちろん、②第一ですよね、③仕事が。（　）（　）（　）
6　①何人行くことになったんですか、②結局、③そこへ。（　）（　）（　）
7　①運輸省の管轄ですよ、②その問題は。③違いますか。（　）（　）（　）

8　①そんなこと言ったって、②あなたよ、③あとで苦労するのは。　（　）（　）（　）

9　①金額が一番問題なんですよ、②実は。③そう思いませんか。　（　）（　）（　）

10　①あの人、②あんな調子なの、③いつも。　（　）（　）（　）

四　修飾語と被修飾語の関係の認識

友人が案内してくれたレストランは、銀座の裏通りにあった。

右の文の傍線の部分は、「レストラン」についての説明がされている。この傍線の部分を文法用語で、修飾語(句)と言い、「レストラン」の部分を被修飾語(句)と呼んでいる。修飾語には形容詞なども使われるが、日本語ではこのように、動詞の原形や過去形を含む句や節が使われることが多くある。

例　1　あの山の上にあるホテルは五十年前に建てられた。

2　多くの人に賛成してもらえる対策をとりたい。

問題〔五〕

次の文を読み、その中から動詞を含む修飾語(句)と被修飾語を探して、例文のようなしるしをつけなさい。

1　次の目標はニューヨークでショールームを持つことだった。この都会を見渡してみて、比較的高価な商品を買える人種が最も多いのは五番街だという結論に達した。私はマンハッタンの中央部にある五番街を、通行人や店を眺めながら行きつ戻りつしたものである。それは実に感動的な場所だった。「ティファニー」、「カルチェ」、「サックス・フィフス・アベニュー」、「バーグドーフ・グッドマン」といった店が堂々と並んでいた。

（盛田昭夫『Made in Japan』）

2　井深氏は大変なリーダーシップの持ち主で、人を惹きつけ、だれもが必ず一緒に仕事をしたがる不思議な魅力を持っていた。事実、わが社の歴史は、井深氏の夢を実現させようと努めた一群の人びとの物語であると言ってもよい。しかし彼はワンマン経営をしようとしなかった。みなが井深氏に強くひきつけられたのは、ただ単に氏が技術分野における天才的独創性を持っていたとか、将来を見通す鋭い能力をそなえていたからではなかった。井深氏は若い生意気な技術者たちを包容し、彼らを部下の話によく耳を傾ける管理職に育て上げる能力を持っていた。

（盛田昭夫『Made in Japan』）

3　日本にはかなり昔から日記をつける習慣があったようだ。平安時代の紫式部日記とか更級日記などの、女流文学者による文学的日記がたいへん有名で、日記といえば文学的日記という誤解は、そのへんからもきているのだろう。

（梅棹忠夫『知的生産の技術』）

文が長く構造が複雑になってくると、文全体の意味を理解するのがむずかしくなってくる。しかし文を正しく読みとるためには、文中の語や句の関係を、はっきり見きわめなければならない。文が長くても、また意味のわからない単語がいくつかあっても、文の中心となっている語句の関係をつかむことができれば、文の意味がある程度理解できる。

例　テーブルの上には、誰がいけたのか、白いしょうぶの花が飾られていた。

この文の中から、主語と述語を探すと、「花が飾られていた」の部分で、これがこの文の中心になる。あとの部分は、どこに、どんな花が、誰によって飾られていたのかの説明である。たとえ、この説明の部分がわからなくても、「花が飾られていた」ことが理解できれば、文の大筋はつかめる。

問題〔六〕

次の文を読んで、その主な部分に線を引きなさい。

1　マラヤ大学に着いてじきのこと、ぼくはルートリッジ君という、ニュージーランド人の若い講師と友だちになった。（鳥羽欽一郎『二つの顔の日本人』）

2　のちに私の妻となる良子は、当時、父親と一人の弟とともに東京に残り、他の家族は田舎の親戚のもとへ疎開していたそうだ。（盛田昭夫『Made in Japan』）

3　私は東南アジアの今日の背景をなす歴史的条件を述べるに当たって、どこから手をつけてよいか迷わざるを得ないが、他の東南アジア諸国民とは違ってほぼ中国史の外縁として存在し、記録的に古くまでさかのぼれる資料が多いということで、ベトナムから始めようと思う。（三浦朱門『東南アジアから見た日本』）

4　①ハツミさんは腕組みをして目をつぶり、タクシーの座席の隅によりかかっていた。②金の小さなイヤリングが車の揺れにあわせてときどききらりと光った。③彼女のミッドナイト・ブルーのワンピースはまるでタクシーの片隅の闇にあわせてあつらえたように見えた。④淡い色あいで塗られた彼女のかたちの良い唇がまるで一人言を言いかけてやめたみたいに時折ぴくりと動いた。

（村上春樹『ノルウェイの森』）

注 修飾語に関して、くわしくは、本シリーズ18『読解―拡大文節の認知』を参照のこと。

五 慣用句の意味と使い方

二つ以上の言葉が結びついて、一つの特別な意味を表す語を「慣用句」とよんでいる。日本語には、このような言い方が多くある。慣用句の例として、「気」のつく言葉をあげる。

「気」のつく言葉の例

(1) 性格や好みを表すもの

① 気が多い　② 気が強い（弱い）
③ 気が荒い　④ 気が大きい（小さい）
⑤ 気がおけない　⑥ 気が長い（短い）
⑦ 気が早い　⑧ 気がいい
⑨ 気立てがいい　⑩ 気前がいい
⑪ 気軽　⑫ 気さく
⑬ 気むずかしい　⑭ 気まま

(2) 意欲やはげましを表すもの

①気を取り直す　②気を引き立たせる
③気を落着ける　④気を確かにもつ
⑤気を張る　⑥気がある（ない）
⑦気が向く　⑧気が若い
⑨気が進む

(3) 気分や感情を表すもの

①気を晴らす　②気を良くする
③気がすむ　④気が軽い（重い）
⑤気を悪くする　⑥気を落とす
⑦気おくれする　⑧気が沈（しず）む
⑨気がふさぐ　⑩気にさわる

(4) 心配や心くばりを表すもの

①気をもむ　②気が気でない
③気が転倒（てんとう）する　④気が狂（くる）う
⑤気がイライラする　⑥気にかかる
⑦気にする　⑧気に病む
⑨気を配る　⑩気を使う
⑪気を回す　⑫気を利かす

⑬ 気がつく　⑭ 気にとめる

(5) 注意や不注意を表すもの

① 気をつける　② 気を許さない

③ 気を取られる　④ 気を抜く

⑤ 気を許す

(6) その他

① 気をもたせる　② 気をまぎらす

③ 気が合う　④ 気がとがめる

⑤ 気がひける　⑥ 気が遠くなる

⑦ 気が確か　⑧ 気を失う

⑨ 気のせい　⑩ 気おくれする

問題〔七〕

次の例文を読み、慣用句を使って文を作りなさい。

1 気を使う

例 日本の会社員は、だいたい上役に気を使っている。

（　　　　　　　　　　　　）

2 気をもむ

例 今朝、事故があって通勤電車が長い間とまっていたので、乗客は会社や学校に遅れないかと気をもんでいた。

（　　　　）

3　気が楽

例　今夜のパーティは、知っている人ばかりだから、気が楽だ。

（　　　　）

4　気にする

例　もうすんだことは、気にしない方がいい。

（　　　　）

5　気をおとす

例　山田さんはもう四回も大学の入学試験に失敗したので、すっかり気をおとしている。

（　　　　）

日本語の慣用句の一つの特徴に、体に関する慣用的表現が多いことがあげられる。

(1)　「頭」に関する表現

①　頭がいい　　②　頭が上がらない

③　頭が古い　　④　頭に浮かぶ

⑤　頭をもたげる

(2)　「顔」に関する表現

①　顔が広い　　②　顔がきく

③ 顔を出す　④ 顔を立てる
⑤ 顔に泥を塗る

(3) 「目」に関する表現
① 目が早い　② 目が高い
③ 目をつける　④ 目をまわす
⑤ 目にあまる

(4) 「鼻」に関する表現
① 鼻が高い　② 鼻をおる
③ 鼻にかける　④ 鼻で笑う
⑤ 鼻もちならない

(5) 「耳」に関する表現
① 耳が遠い　② 耳が痛い
③ 耳をそば立てる　④ 耳を澄ます
⑤ 耳にはさむ

(6) 「口」に関する表現
① 口をとじる　② 口を揃える
③ 口をきく　④ 口が軽い
⑤ 口にできない

(7)「腹」に関する表現
① 腹をたてる　② 腹が大きい
③ 腹にすえかねる　④ 腹黒い
⑤ 腹をさぐる

慣用句には日本人の考え方が表れているものが多い。以上の慣用句の意味を辞書で調べなさい。

問題〔八〕

次の例文にならって文を作りなさい。

1 頭が上がらない
例 山田(やまだ)さんは、おじさんに学費を出してもらっているので、おじさんには頭が上がらない。
（　　）

2 顔が広い
例 上村(うえむら)さんは関西の経済界には、かなり顔が広い。
（　　）

3 目をつける
例 部長は、早くからあの土地に目をつけていた。
（　　）

4 鼻にかける
例 華子(はなこ)は父親が一流会社の社長であることを、鼻にかけていた。

（　　　　　　　　　　　　　　　　　　）

5　耳にはさむ

例　あの会社は倒産（とうさん）しそうだという、うわさを耳にはさんだが、本当だろうか。

（　　　　　　　　　　　　　　　　　　）

6　口をとじる

例　兄はこの問題については、口をとじて語ろうとしない。

（　　　　　　　　　　　　　　　　　　）

7　腹をたてる

例　主人は、ちょっとしたことですぐ腹をたてるので、困ってしまいます。

（　　　　　　　　　　　　　　　　　　）

その他に、よく使われる慣用的表現の例。

(1)　①行きあたりばったり　②行きちがいになる
　　③行きづまる　④行き止まり
　　⑤行き渡（わた）る

(2)　①来合わせる　②来賓（らいひん）　③来訪
　　④来客　⑤来世

(3)　①思い上がる　②思いあまる
　　③思い浮（う）かべる　④思いがけなく

⑤ 思いちがいをする

(4)
① 食べすぎる　② 食べごろ
③ 食べつける　④ 食べかけ
⑤ 食べざかり

(5)
① 飲み明かす　② 飲みたおす
③ 飲み友達（ともだち）　④ 飲みなおす
⑤ 飲みこみが悪い

(6)
① 見あたる　② 見あわせる
③ 見ばえがする　④ 見えすいた
⑤ 見えをはる

六　ことわざの理解

昔（むかし）から言いつたえられている言葉で、特別な教えや教訓などを含（ふく）んでいる短い句を「ことわざ」または「格言」と言う。

問題〔九〕

次のことわざを読み、その内容を表している説明を選び、（　）に記号を記しなさい。

例（ｅ）　転ばぬ先の杖（つえ）

1（　）転んでもただでは起きぬ
2（　）失敗は成功のもと
3（　）十把ひとからげ
4（　）朱にまじわれば、あかくなる
5（　）ちりもつもれば、山となる
6（　）沈黙は金
7（　）時は金なり
8（　）豚に真珠
9（　）類は友を呼ぶ
10（　）論より証拠

a 気の合った人々は、なんとなく友達になりやすい。
b 人は、親しくしている人の影響を受けやすい。
c つまらない事をしゃべらず、なるべく黙っている方がいい。
d 欲が深く、どんな時にも得をしようとすること。
e 失敗しないように、用心すること。
f 議論よりも証拠によって、ものごとはあきらかになる。
g どんな小さな物でも、たくさん集まれば大きな物、役に立つ物になる。
h 価値のわからないものには、どんな高い物を与えても、役に立たないという意味。
i 失敗は、次の成功につながる経験になる。

j　どれもあまり価値がないと考えて、ひとまとめにして扱(あつか)うこと。
k　時間は、とても大切なものである。

日本のことわざと、それぞれの国のことわざとを比べなさい。

七　呼応する表現の認識

1　否定形を伴(ともな)う副詞の使い方

副詞の中には、必ず否定の形と一緒(いっしょ)に使われるものがある。もし肯定(こうてい)文の形をとると、日本語の正しい文にならないので気をつけなければならない。よく使われる副詞の例をあげる。

問題〔一〇〕

例にならって、（　　）の中にことばを入れ、文を完成しなさい。

1　ぜんぜん

例　英語なら少しわかりますが、ドイツ語はぜんぜんわかりません。
私は歌は、ぜんぜんだめです。
注　否定形ではなく、否定を表す言葉が使われていることもある。
私はピアノはぜんぜん（　　　　　　　　）。

2　一概(いちがい)に

例　戦争が起こった場合、一方だけが悪いとは一概(いちがい)に言えないでしょう。

テレビは一概に（　　　　）。

3　決して

例　あの子供は、もう決してあんな悪いことをしないだろう。

山口さんには、もう決して（　　　）。

4　ちっとも

例　毎日、英語を勉強しているのに、ちっともうまくならない。

この頃ちっとも雨が（　　）。

5　ろくに

例　ろくに練習もしないで、じょうずになろうとしても無理ですよ。

日本の大学生はだいたい、ろくに（　　　）。

6　必ずしも

例　この機械はずいぶん精巧らしいが、必ずしも故障しないとは、言えない。

一生懸命勉強したからと言って、あの大学に必ずしも（　　）。

7　夢にも

例　コンテストで一位になれるとは、夢にも思わなかった。

こんな結果になるとは、夢にも（　　）。

8　たいして

例　たいして走ったわけでもないのに、くたくたに疲れてしまった。
昨日の試験は、たいして（　　　　　）。

注　副詞についてくわしくは、本シリーズ1の『副詞』を参照のこと。

2　その他の表現

次にあげる副詞は、良く使われるものだが、肯定文と否定文では、その意味が違っている。例文を見て、その違いを考えなさい。

(1)　あまり
A　あまりびっくりしたので、声も出なかった。
B　昨日のパーティは、あまり盛り上がらなかった。

(2)　さっぱり
A　離婚が成立して、さっぱりした。
B　大学時代に勉強したことは、さっぱり覚えていない。

(3)　ついに
A　何度も挑戦して、ついに太平洋横断に成功した。
B　警察は何年も捜査を続けたが、ついに犯人をつかまえることができなかった。

(4)　どうも
A　いろいろお心づかいをいただき、どうもありがとうございました。
B　あの人のやることは、どうもわからない。

(5)　なかなか
A　今日のコンサートはピアノ・コンチェルトが、なかなか良かったね。
B　部長はプロジェクトばかり作るが、なかなか実行しようとしない。

(6)　まだ
A　今からでもまだ間に合いますから、ぜひ応募なさってください。
B　二時着の飛行機で来るはずの友人が、まだ来ないんです。事故でもあったんでしょうか。

(7)　もう
A　もう園遊会は終わってしまいましたよ。
B　もうあんな苦しいおもいは、二度としたくない。

文が長くなると、前半の語句によって、文の後半にある程度予想できる表現がくる。例えば、「その晩は風が強かったので、火はみるみるうちに……」という文があれば、その後には「燃え広がった」というような表現が来るのが普通である。これは「みるみるうちに」という副詞が、大変短い時間内に何か大きな変化が起こる様子を表しているためである。

問題〔二〕

次の文の意味から考えて適当だと思われる文を、つけ加えなさい。

1　子供をもってはじめて（　　　　　　　　　　）。
2　たとえ今年は入学試験に合格できなくても（　　　　　　　　　　）。
3　あした雨だったら、ゴルフに行くのは（　　　　　　　　　　）。

4　五十年前には、コンピューターなどという便利な物は（　　　　　）。
5　こんなすばらしいピアノ演奏は、もう二度と（　　　　　）。
6　長い間病院生活をしていたが、来週やっと（　　　　　）。
7　映画の招待券があったのに、忙しいばかりに（　　　　　）。
8　新しい家を建てました。家と言っても（　　　　　）。
9　主人は毎日、早く帰宅すると言いながら、めったに（　　　　　）。
10　朝から一生懸命作った料理ですから、お口に合わないかも知れませんが、ぜひ、（　　　　　）。
11　やると決めた以上、最後まで（　　　　　）。
12　私の家は、地図を見てもわかりにくいので、駅に着いたら（　　　　　）。
13　今日は一日中、忙しかったので、まだ朝刊を（　　　　　）。
14　山田さんは五時に仕事が終わるとすぐ、（　　　　　）。
15　あの店で安いカメラを見つけたんですが、お金がなかったばかりに、（　　　　　）。

例　八　翻訳調の悪影響

1　連続して起こっているレートの変動から、その結果として、しかも特に世界の経済の変化の影響と関連し、経済人がそうした報告を暗黙のうちに作り上げるということは、考えられないことはない。

2　これは、私がきのう買ったところの本です。
3　これは李氏が、若かりし頃に記したところの日記である。
4　この寺院を建てたのは、オニールという名前の建築家だった。

これはおそらく翻訳体からの影響だと思うが、「ところ」とか「という……」の述部が、「こと」、「もの」などといった形式名詞の前にくる文が多い。そしてそれが文章の冗慢性を助長するということに、あまり気づかない人が日本語を母国語とする人にも多い。

例えば

A　薬品というものについて、お話し申し上げたいと思います。
B　薬品について、お話し申し上げたいと思います。

この二つの文に違いを見たがる人が多いが、実際には違いがなく、Bの文で十分である。「夏目という者でございますが」が「夏目でございます」より丁寧だと思われているが、後者で十分敬意を表している。

だからこそ、「というもの」、「というところのもの」、「という場合」、「ということに関して」などの言葉が文中に表れる場合は、それが本当に必要かどうか考えなければならない。もし必要でなければ、文を簡潔にするためになるべく使わない方がいいと言える。

九　場面における、日本語独特の言い方

日本語の話し言葉には人間関係をスムーズにするために、様々な場面で使われる独特な表現がある。その多くは、日本の社会の構造、日本文化、日本人の考え方などの知識がないと、外国人には理解がむずかしい。

1　挨拶の表現に関するもの

①　先日は失礼いたしました。

何日か前に、話者が聞き手に会っている場合、特に失礼なことをしたわけでなくても、このような挨拶をする。

②　A　いつもお世話になっております。

A′　いつも［主人］がお世話になっています。

Aは、職場や学校などの目上の人に対して使われる。A′は、家族が関係している職場や学校、団体などの目上の人に対して使われる。従って［　］の名詞は、話者が誰かによって、「家内」や「子供」に入れかわる。

③　ごぶさたしております。

話者が聞き手とある期間、接触がなかった場合に使われる言い方。特に目上に対して使われる。

④　お暇な時、どうぞお遊びにいらしてください。

話し手は、挨拶(あいさつ)のつもりでこのような言い方をすることが多い。本当に来てもらいたい時には、具体的な時間を言う。

2 訪問の場合に使われる表現

① A どうぞ、おあがりください。
B いいえ、お玄関(げんかん)で失礼します。
A いいじゃありませんか。ちょっとおあがりください。
B そうですか。ではちょっとお邪魔(じゃま)させていただきます。

食事やパーティーに招待された場合は別として、用事でどこかの家を訪問した場合、日本人はすすめられても、すぐに中に入らず、このような会話をする。

② A これはつまらない物ですが、どうぞ。
A′ おはずかしい物ですが……。

訪問した先で、おみやげを出す場合、それが高価な物でも、このような言い方をする。

③ A 何もございませんが、どうぞ召(め)しあがってください。
A′ ほんのお口よごしかも知れませんがどうぞ。

客に食べ物をすすめる場合、このようなへりくだった言い方をする。

④ A もう一杯(いっぱい)、いかがですか。
B いいえ、もうけっこうです。
A そうおっしゃらずに、もう一杯(いっぱい)だけ、どうぞ。
B そうですか、それではいただきます。

お酒や、お茶をすすめる場合には、このようなやりとりがよく行われる。客はすすめられても、一度は辞退することが多い。

3　その他の表現

①　A　どうもすみません。
　　A′　どうも、どうも。
　　A″　申し訳ございません。

お礼を言う場合や、感謝の気持を表す場合、「ありがとうございます」という表現が使われるが、右のような言い方もある。これは、相手に対してあやまる場合にも使われるので、混同されやすい。

②　A　おでかけですか。
　　B　はい、ちょっとそこまで。
　　A′　どこへいらっしゃいますか。
　　B′　ちょっとそこまで。

A（A′）が外出しようとしているB（B′）に、行先をたずねているが、この場合、A（A′）は挨拶（あいさつ）のようなつもりで言っているだけで、本当にB（B′）の行先を知りたがっているわけではない。B（B′）もそれを心得ていて、このように答えている。

③　A　御結婚（ごけっこん）のお祝いを差し上げたいんですが、何がよろしいでしょうか。
　　B　お気持だけいただきます。どうぞ御心配（ごしんぱい）なさらないでください。

相手の申し出を辞退する時に、このような言い方をする。

一〇　大意の把握の仕方

文の各段落には、だいたい一つの主張が述べられている。その段落から次の段落の間には、論を進めていくのに適した接続詞が使われる。そして文全体の始めの部分か終わりの部分には、作者の主張の趣旨が見出される。また文章の中には、論旨を表すいくつかのキーワードも見られる。したがって、文の大意をつかむには、これらのことに注意して読むことが大切である。

問題〔三〕

次の文を読んで、質問に答えなさい。

A　[①]その真が、認識の真、自然科学の真に次第に局限され、局限されたことによって科学文明や物質文明は異常な進歩を遂げ、また社会や経済、政治の組織が、それを軸にして改変された。科学的な認識による諸法則の発見によって自然界は巨大なメカニズムとして理解された。[②]、それとの対応において人間も社会もメカニックなものに組織され、また解釈された。近代とはそういう時代である。まさに理性の時代、合理主義の時代である。

B　現代哲学が幸福論を欠いていることをつとに指摘し、新しい幸福論が世界観として現れなければ現代は救われないと説いたのは三木清の炯眼であった。

ところで、依然として今日でも幸福論は出ていない。家庭の幸福、結婚の幸福、衣食住の幸福という、個人の小市民的感傷的な幸福論議には事欠かないが、世界観の上に立つ幸福論は出ていない。

C　真、善、美という価値が、体系として、[③]均衡をもった鼎として成立するためには、いわばかなめの石としての権威がいる。重心が必要である。ヨーロッパでは神がその役割を果たしてきた。

D　価値の体系が崩壊してしまったことが、現代の特質であり、また混乱の由来であるといわれている。④、実のところは、価値体系の喪失によって近代は発展してきたのである。

古くからの、真、善、美という価値の鼎をなしていた三本のうち、二本の脚がくずれて、真という一本だけが幅をきかしてきた。

E　ニュートン物理学の基礎づけに端を発したといわれるカント以下の認識論ではもはや事足りない。哲学が科学の基礎づけをすれば足りた段階から、科学や技術を管理し、方向づけ、または制限する根拠の探求に向かわねばならぬ時代である。

人類の幸福とは何かという問題提起は、感傷の問題ではなく、まさに世界観の問題となってきた。

F　⑤、近代はこの神の不在の証明から始まるといっていい。人間の理性の万能を信ずるとき、神への信仰は消える。極まるところは神の殺害、神の死である。神を死に至らしめる歴史が近代史である。最高の権威の喪失は必然的に価値のアナーキーを呼び起こす。価値のアナーキーは、ニヒリズムを呼び起こす。

ニヒリズムは、特定のイデオロギーや主義ではなく、近代の歴史的運動であると断言するような思想家も出てきている。科学文明の発展のうらにニヒリズムの普遍化がつきまとっている。

1　この文は、Fが一番終わりにくるが、AからEまでの順序は正しくない。正しい順に並べ記号を記しなさい。（　）（　）（　）（　）（　）F

2　□の中に適当な言葉を選んで入れなさい。

a　すなわち　b　そうして
c　しかし　d　しかも　e　ところで

①（　）②（　）③（　）④（　）⑤（　）

3　問題文Aの中に、「近代は理性の時代、合理主義の時代である」とあるが、そう言われるのはなぜか、説明しなさい。（六十字以内で）

4　この文は完結していないが、作者は何について述べているか、その論旨を次の中から選びなさい。（　）

①　科学の進歩と人間
②　新しい幸福論
③　真、善、美、に対する考察
④　近代と神の不在

問題〔三〕

次の文を読み、1～10の文の中で、本文の内容と一致するものには○、一致しないものには×をつけなさい。

パリを訪れた日本人の書いたものには、よく〈石〉が出てくる。石をしきつめた道路、石でできた建築、石をつみあげた階段……。たしかにパリは、石をけずり、石を組み立ててできたような街だ。だが、パリに来て、これほど〈石〉を意識する国民は少ないのではあるまいか。日本人以外の外国人が書いたパリを、あらためてたくさん読んだわけではないが、ヘミングウェイの『移動祝祭日』にしても、リルケの『マルテの手記』にしても、〈石〉はほとんど登場してこなかったように思う。とくに意味ある存在として――。

ところが日本人の、パリの〈石〉に対する関心は、たんなる石についての日常的観察にとどまらず、ときとして異常な、ときとしてすさまじい精神的反応をひきおこす。詩情や、哲学的思索や、心理的飢餓感が、石に投影されることもしばしばある。島崎藤村はパリを、「石の建物のオーケストラ」（一九二〇年）と書き、フランス人の冷静な意志をそのなかにみる。横光利一は、「乾燥した無人の高い山岳地帯」（一九三七年）をさまようおもいで、自分とのあいだに深い断絶があることを自覚する。そして高村光太郎は、「おう錆びた、雨にかがやく灰いろと鉄いろの石のはだ……」（一九二一年）と、ノートルダムを歌った。

私は、パリの〈石〉に対する日本人の恐れ、反発、感動が、ほとんどの場合、とつぜん異質の文明に飛び込んだものの違和感、孤独感であり、それが石に触発され、石に投射された結果ではないかと思う。石はかたい。それが何百年の歴史を生きぬくと、いっそうかたく冷たくなる。私たちの生活する周囲に、これほどおびただしい石は見当たらない。日本の歴史をふりかえるとき、造園技術に特殊な形で登場するほか、石を発見することはほとんどない。要するに石でつくられ、石によって歴史を生きぬいてきたパリは、私たちにとって、まったく異質のイメージ圏に属する。〈石〉の視覚的なきびしさ、よそよそしい肌ざわり、がんこな沈黙。〈石〉は幾何学的な正確さでつみ上げられねばならない。石の建築には論理的構造が必要である。この〈石〉にとりまかれた生活、生活のなかにはぐくまれた意識が、石をもたない私たちの意識、イメージの構造と非常に違うのはとうぜんである。私はまず、パリに行った日本人の、〈石〉に感じる違和感覚から、私たち自身の精神的体質、イメージの構造を考えてみたい。


1（　）フランス人と日本人は、同系統の古い文化をもっている。

2（　）石の建築には、論理的構造が必要である。

3（　）パリを訪れた日本の作家や詩人は、その文明に日本と共通なものを見出した。

4（　）この文の著者は、日本人のイメージの構造を考えようとしている。

5（　）石の文化は、日本人には異質なものである。

6（　）パリを訪れた日本の作家達の多くは、石の文化に大きな衝撃を受けている。

7（　）日本にも昔から、石を使った建物がかなりある。

8（　）パリを訪れた日本の作家達は、石の文化についての感動を、多く書き残している。

9（　）フランス人と日本人の意識構造は、よく似ている。

10（　）ヨーロッパやアメリカの作家には、パリの石について書いたものが多い。

論文の書き方

実践篇（じっせんへん）

第一章　良い論文を書くための準備

大学で勉強する学生は、一学期の間に必ずいくつかのレポートを作成しなければならないはずである。また卒業前には、卒業論文を完成しなければならない人もいるだろう。レポートが出題される度に、何を書こうかと頭を悩ます人も多いのではないだろうか。そこでこれから、少しでもいいレポートを書くためにはどうしたらいいか、その方法を考えてみたいと思う。まず次のようなことを心がけている人がどのくらいいるだろうか。

①普段、新聞や雑誌を読んでいて面白い記事や、興味のある記事があった場合、切り抜いてとっておいているか。

②自分の専門分野に関係のある本を読み、将来役に立ちそうな記載事項があった時には、コピーをとったり、ノートに書き写したりしているか。

右のようなことを日頃からしている人には、レポートや論文書きがそれ程重荷になってはいないのではないだろうか。

いいレポートを書くには、レポートが出題されてからあわてて友達のノートをコピーしたり、資料探しをするのではおそい。日頃から面倒くさがらずに、少しずつ資料になりそうなものを集めておくことが大切である。特に現代はあらゆる情報があふれているから、努力しだいでさまざまの情報が収集できる。これまで無意識に新聞や雑誌を読んでいた人は、さっそく今日から次のようなことをしてみてはどうだろう。

1 知識を豊かにするために

幅の広い知識をもつことは、いいレポートや論文を書くために役立つ。そのために私達は常に、新しいものに対して好奇心をもち続けなければならない。映画やテレビをみたり、本を読んだり、旅をしたりすることは、新しい経験や知識を与えてくれる。またなるべく自分と違う分野にいる人々と出合い、その人々の考えや意見を聞くことも大切である。

2 図書館の利用

試験の時期だけ図書館に行くのではなく、日頃から図書館に通い、本のある場所などをよく頭に入れておこう。また大学の図書館だけでなく、自分の住んでいる近くの図書館や、できれば国会図書館にも出入りしておくと、かなり豊富な資料集めができる。特に学位論文を書く場合など、専門によっては他の土地にある図書館にまで行って資料を探さなければならないこともある。例えば、日本文学を専攻している学生が石川啄木について論文を書くとしたら、北海道の市立函館図書館へ行けば啄木の資料が数多く見られる。自分の大学の図書館に適当な資料がなくて、他大学の図書館を利用したい場合などは、教授の紹介状をもらって行くことが必要である。

3 新聞・雑誌の切り抜き

新聞や雑誌を読んでいて、現在自分がとっている授業に関連のある記事が見つかったら、切り抜いておくとレポートを書く時に役立つ。ただこの場合一番問題になるのは、切り取った記事をいかに整理し保存しておくかである。もし集めた記事を箱や袋に入れっぱなしにしておくだけなら、これは死蔵されるだけで資料として全く役に立たない。資料をいかにうまく整理し有効に使うかについては『知的生産の技術』（梅棹忠夫、岩波新書）という本にくわしく書いてあるので、是非参考にしてほしい。新聞記事などの切り抜きを集める場合は、必ず紙名、日付、朝刊か夕刊かの区別を記入しておくことが大切である。

新聞の記事は大勢の読者を対象に書かれているから、その文章をよく観察しながら読むと、書く上での勉強になる。特に新聞の社説に目を通す習慣をつけること。また朝日新聞の「天声人語」のような記事を毎日続けて読むのもいい。

4　本の読み方

レポートや論文を書くために本を読むというと、いかにも専門的でむずかしい内容の本を想像しがちだが、普段は乱読をするのもいいことである。違った分野の本を色々読むことによって、知識が広くなり、物の見方も変わってくる。またできれば外国語の本を読むとよい。外国語の不得意な人は、翻訳された本を読んでもかまわない。外国人の考え方や書き方を学ぶと、自分の考え方に柔軟性が出てくる。

次にどのようにして読む本を探すかだが、常に新聞・雑誌などの本の広告を注意して見るのも一つの方法である。もし欲しい本の広告が目にとまったら、その場ですぐメモをする。その時は記憶したつもりでも、著者の名前の漢字を忘れたり、出版社がわからなかったりすると、その本を手に入れるのがむずかしくなるからだ。広告ばかりでなく、新聞や雑誌の読書欄や本の紹介の欄を見るのもいい方法である。こうした欄には、本の紹介だけではなく批評も載っているので、内容を知るのに大いに参考になる。実際に自分で読んでみて、自分の読後感と、評論家達の批評とを比べてみると面白い発見ができるものである。

時間のある時には本屋に立ち寄り、新刊本のコーナーを見たり、興味のある本棚の本を眺めるのも楽しいものだ。さまざまな本の題名を読んでいくだけで未知の世界への興味が湧いてくる。これは図書館についても同じことがいえる。興味を引く本があったら手に取り、まず目次をあけてみよう。だいたいの内容がわかったら、次にまえがきとあとがきに目を通す。作者がどんな目的でその本を書いたかが読みとれるから、そこでその本を読むかどうか決めればいいわけである。

5　読書ノート

本を読んだあと、ノートに記録しておくと書く上での助けになる。感銘を受けた本、面白かった本、また自分の専門に役に立ちそうな本に出合った時、読みっぱなしにしないで後々のために記録を残すのである。この場合ノートに記録するよりカードを利用すると便利だと、梅棹忠夫氏が『知的生産の技術』の中に書いている。このカードには必ず著者名・題名・書き抜いた箇所の頁数・本の発行年月日・読んだ日付を記しておく。そうすればレポートに使う場合、原本がなくてもすぐ引用できる。できればそのカードに自分の読後感を書き加えておくと、時間がたったあとで利用する時便利である。

レポートや論文を書くのが好きだという人はそんなに多くはないと思うが、これまでに述べてきたようなことを日頃から心がけていれば、ものを書くことに対する抵抗感が少しはなくなるのではないだろうか。これを機会に是非やってみてほしい。

第二章　書き方のルール

問題〔一〕

次の記号はどんな場合に使われるか。また原稿用紙に書く時、それぞれマス目をいくつ使うか答えなさい。

1「」　2『』　3〈〉　4（）　5、　6。

7・　8？　9！　10―　11……

問題〔二〕

「読点」はどんなところに打つか述べなさい。

（　　　　　　）

問題〔三〕

行の一番終わりで一つの文が完了した場合、句点はどこに打つのが適当か。

（　　　　　　）

問題〔四〕

改行する場合、文の始めはどこから書き始めたらいいか。

問題〔五〕

次の文を原稿用紙に書きこみなさい。

私は先生のこの人生観の基点に、或強烈な恋愛事件を仮定して見た。（無論先生と奥さんとの間に起った）。先生がかつて恋は罪悪だといった事から照らし合せて見ると、多少それが手掛りにもなった。然し先生は現に奥さんを愛していると私に告げた。すると二人の恋からこんな厭世に近い覚悟が出よう筈がなかった。「かつてはその人の前に跪ずいたという記憶が、今度はその人の頭の上に足を載せさせようとする」と云った先生の言葉は、現代一般の誰彼に就いて用いられるべきで、先生と奥さんの間には当てはまらないもののようであった。（夏目漱石『こころ』）

一　表記上の注意点

1　記号について

以上の五つの質問に簡単に答えられただろうか。答えられなかった人のために、まず記号の解説をしよう。しかし、日本語の場合、書く上での規則には、出版社の方針によっても、個人個人によってもかなり違う点があるので、これは鉄則とは言えない。

(1)「　」　かぎかっこ（ひとえかぎ）

会話や引用文に用いる。小説などの場合、会話文は改行することが多いが、レポートの場合はしない。また文中で問題になる語句などに用いることもある。

例　「どんなだったんですか」

「あなたの希望なさるような、又私の希望するような頼もしい人だったんです」

（夏目漱石『こころ』）

(2)　『　』二重かぎ（ふたえかぎ）

会話の中で、さらに他の人の言葉を引用する場合のほか、作品名や本・雑誌の題名を表す場合に用いる。

例　「Kから聞かされた打ち明け話を、奥さんに伝える気のなかった私は、『いいえ』といってしまった後で、すぐ自分の嘘を快からず感じました」

（夏目漱石『こころ』）

(3)　（　）かっこ

原文に説明や注記をつけ加える場合に用いる。

例　先生の遺書によって、それまでの伏線（謎）が説明され、同時に小説の主題が提示される。

（『こころ』解説、新潮文庫）

(4)　〈　〉やまがた

（　）と同じように用いるが、特に強調したい箇所などに用いられることが多い。

例　〈私は今自分で自分の心臓を破って、その血をあなたの顔に浴せかけようとしているのです〉（下―二）と先生はいう。

（『こころ』解説、新潮文庫）

(5)　・　中黒

単語をいくつか並べて述べる場合や、外来語に用いる。

例　この作品は、上・中・下の三つの部分から成り立っている。
翻訳は、ドナルド・キーン氏による。

(6)　？　疑問符（クエスチョン・マーク）

疑問を表す文の終わりにつけるが、レポートや評論のような文には、あまり用いない。

例　返事にためらっている私を見た時、奥さんは「教師？」と聞いた。それにも答えずにいると、今度は、「じゃ御役人？」と又聞かれた。
（夏目漱石『こころ』）

(7)　！　感嘆符

感動や驚きなどの感情を表す。これもレポートなどには用いない。

(8)　――　ダッシュ

余韻を表したり、挿入句の前後に用いる。

例　私は母を眼の前に置いて、先生の注意――父の丈夫でいるうちに、分けて貰うものは、分けて貰って置けという注意を、偶然思い出した。
（夏目漱石『こころ』）

(9)　……　リーダー（点線）

文が完了していない場合に余韻を表したり、無言の状態を表す時に用いる。

例　「先生は何故元のように書物に興味を有ち得ないんですか」
「何故という訳もありませんが。……つまり幾何本を読んでもそれ程えらくならないと思う所為でしょう。それから……」

(夏目漱石『こころ』)

(10) 々 同の字点(くり返しの記号)

漢字一字をくり返す時に用いる。

例 国々、木々、人々(注・「民主主義」のような場合には、これを用いない)

(11) 。 句点(まる)

一つの文が完了した時につける。

(12) 、 読点(てん)

文の意味が正しく理解されるため、また読みやすくするために用いる。具体的にどのような場所に読点を打つか、例をあげる。

① 語句が並列する場合

例 漢字を読み、書き、覚え……

② 接続詞、接続句、副詞がくる場合

例 つまり、漱石は、われわれの所有する数少ない国民的作家の一人である。

③ 語句を修飾する場合、意味を明らかにするため

例 私は怒って、逃げる彼を追った。

赤い、ワインのはいったグラス

④ 長い修飾語のある主語の場合

例 その年の六月に卒業する筈の私は、是非この論文を成規通り四月一杯に書き上げてしま

わなければならなかった。（夏目漱石『こころ』）

⑤原因・理由・仮定・限定・条件などを表す場合

例 君にはどう見えるか知らないが、私はこれで大変執念深い男なんだから。（夏目漱石『こころ』）

⑥息をついだり、間をおく場合

例 あなたの御父さんが亡くなられるのを、今から予想して掛るような言葉遣をするのが気に触ったら許してくれたまえ。（夏目漱石『こころ』）

⑦数詞や語句を並べていく場合

例 漱石が没したのは大正五年（一九一六）十二月九日、享年五十であった。

2 数字の書き方

横書きで原稿を書く場合には、算用数字を使うことができるが、たて書きの場合には漢数字を使わなければならない。漢数字表記については、次のことに気をつけること。

(1) 世紀・年月日・時間は普通、次のように書く。

例 昭和六十三年五月二十日

午前十一時三十分、午前零時

(2) しかし、省略して次のように書くこともできる。

例 一九八八年

午後〇時五五分

(3) 大きな数字を書く場合は、三けたごとに点をつける。

例　一二五、六五六人

(4) 数の幅（はば）を示す場合、―を使う。

例　昭和六十年―六十三年

(5) 不確定数を示す場合にも点を打つ。

例　四、五人、十七、八歳（さい）

(6) 記録や名称の場合は算用数字も使う。

例　ひかり154号、国道11号線

3　文字表記

日本語の文字は、漢字、ひらがな、カタカナと三種類ある。カタカナは、外来語と動植物の名を書き表す場合に使われる。その他は、漢字とひらがなを使うわけだが、どの言葉を漢字で表すか、またはひらがなを使うかといった鉄則はない。しかし漢字が好きだからといって、できるだけ多く漢字を使ったり、逆に漢字を使わずひらがなばかりで書いたりすれば、非常に読みにくい文章になる。漢字とひらがなに、ある程度のバランスを保つことが大切である。漢字とかなの書き分けについて、次のようなことを頭に入（い）れておくと参考になる。

(1)「当用漢字表」の漢字にないものは、かなで書くか、別の言葉を使う。

(2) 代名詞・副詞・接続詞・助詞・助動詞・感動詞は、なるべく漢字を使わない。

(3) あて字の漢字は使わない。

次に注意しなければならないものに、かなづかいがある。特に学生の誤りやすい用法に「ぢ・づ」と「じ・ず」がある。現代かなづかいでは、原則として「ぢ・づ」は「じ・ず」と書く。しかし例外として次のような書き方を覚えておかなければならない。

(1) 二つの語が連合して、「ち・つ」が濁音になった場合。および一語の中で、同じ音が続く場合は「ぢ・づ」と書く。

例　はなぢ（鼻血）、ついたちづけ（一日付）、ちぢむ（縮む）、つづく（続く）

(2) しかし次のような語は原則通り「じ・ず」と書く。

例　きずな（絆）、おとずれる（訪れる）、せいず（製図）、やまじ（山路）

(3) 接尾語やそれと同じように用いられる語も、原則通り「じ・ず」を用いる。

例　一つずつ（一つ宛）、一日じゅう（一日中）

この他長音で誤りやすいものに、発音通り「お」を書く言葉がある。

例　おおい（多い）、おおきい（大きい）、こおり（氷）、とおる（通る）、とおい（遠い）

作文や論文を書く時、注意しなければならないものの一つに、誤字と送りがながある。自分ではずいぶん気をつけて書いたつもりでも、漢字をまちがえて書いたり、送りがなを誤ったりしがちなものである。それで作文を書く時に、少しでも自信がない漢字や送りがながあったら、面倒くさがらずに必ず辞書で調べる習慣をつけるようにしたい。そのために国語辞典を一冊、常に机の上に備えておく必要がある。

注　表記については、本シリーズ11『表記法』を参照のこと。

二　原稿用紙の書き方

原稿用紙を書く上での規則も、個人個人によって多少の違いがあるが、次の基本的なことは覚えておきたい。

(1) 書き出し
題名は二行目の、上から三マスぐらいあけたところから書き始める。もし題名が短い場合は、体裁よくおさまるように工夫する。また文字も、マスを気にしないで大きく書いてかまわない。次に氏名は四行目の、十三マスあたりから書く。本文は氏名から一行おいて原稿用紙の六行目から書き始める。しかしこれは長い作文や論文を書く場合で、原稿用紙一、二枚の長さのものだったら、一行目に題名、二行目に氏名を書き、三行目から本文を書き始める。

(2) 文章の書き出しは、一マスあけて書き、段落の始めも同じようにする。

(3) 先に説明した記号・符号は全て一マス使うが、ダッシュ（——）と、点線（……）だけは二マス使う。

(4) 句読点や記号の」）〉などが行頭にくる場合は、前の行の末尾のマスの中に入れる。

(5) 記号の「（へなどが行末にくる場合は、同じマスに一文字書きこむ。

(6) 引用文

長い引用をする場合は、本文と区別するために、全体を二マス下げて書く。引用文が終わったところに、必ず作品名と著者名を明記する。もし引用文を多く使う場合は（注一）、（注二）として、その章の最後に記してもかまわない。

(7) 統計や図表を使う場合

レポートを書く場合など、よく統計や図表などを使う。このような時には、原稿用紙にはりつけたり、別紙をはさみこんだり色々の方法がある。図表などには、その内容を表す表題をつける。これ等の資料にも、引用文の場合と同様、必ずどこから得たものか、その著者名を明記しなければならない。

(8) たて書きの原稿で、ローマ字で書く外国語の文章を記す場合には、横書きにし、一マスに二字の割で書きこむ。大文字には一マスとること。

これまでの説明で、原稿用紙を書く上での基本的なルールがわかったと思うので、86頁問題〔五〕の文を書き直した例を次頁に示す。

最後になったが、原稿用紙に書く文字は、それを読む人のことを考えて、できるだけ読みやすい書体で、はっきり、きれいに書くべきである。特に入社論文や学位論文を書く場合などは、誤字を書かないよう気をつけ、一つ一つの文字を丁寧に書くこと。書かれてある文字も、選考の対象になるからである。

私は先生のこの人生観の基点に、或強烈な恋愛事件を仮定して見た。（無論先生と奥さんとの間に起った）。先生がかつて恋は罪悪だといった事から照らし合せて見ると、多少それが手掛りにもなった。然し先生は現に奥さんを愛していると私に告げた。すると二人の恋からこんな厭世に近い覚悟が出よう筈がなかった。「かつてはその人の前に跪いたという記憶が、今度はその人の頭の上に足を載せさせようとする」と云った先生の言葉は、

現代一般の誰彼に就いて用いられるべきで、先生と奥さんの間には当てはまらないもののようでもあった。

コクヨ　ケ−20　20×20

三　良い文章を書くために

問題〔六〕
論文を書く場合、一つの文の長さはどのくらいが適当だろうか。

問題〔七〕
一つのパラグラフの長さは、何行ぐらいが適当だろうか。

問題〔八〕
文章を書く時、文体についてどんなことに気をつけなければならないか。

問題〔九〕
良い文章を書くために、次の項目(こうもく)について、どんな工夫(くふう)をしたらいいか。

1　文に使う語句
2　文の構成

1　文の長さとパラグラフの長さ

これまで日本語の作文指導は、「美しい文章を書く」ということに重点を置いていた。しかし情報時代といわれる現代、私達(わたしたち)はあらゆる情報を、できるだけ早く、正確に読みとることが必要になってきた。また以前に比べ、日常生活においても、ものを書く機会がふえたことも事実である。文章を書く場合、美しい文を書くことは勿論(もちろん)大切である。しかし現在、私達(わたしたち)に必要なのは、自分の言いたいことを正確に、かつ敏速に相手に伝えられる文を書くことである。したがってこの本では、「相手に自分の言いたいことを、正しく理解してもらえる文」を書く技術を習得することを第一の目標にしたいと思う。

まず次の文を読んでみよう。

> 通電時間にもよるが、一般に短時間刺激を利用して陰極を患部にあてる時は、電気興奮性が高められ、その興奮刺激作用によって治効的に作用するものであり、これに反し、陽極をあてる時はその神経の興奮性の降下作用があるために鎮静作用として働くが、長時間刺激による、しかも断続刺激ではこの作用が逆になると言われている。

こういう文は二度、三度とくり返して読めば全体の意味が理解できるが、さっと一度読んだだけでは、内容がなかなか頭に入らない。一つの文でまとめるには内容が複雑なので、せめて二つの文に分けて書けば、もっと理解しやすい文になる。

それでは一つの文はどのぐらいの長さが適当だろうか。できれば文は短い方がいい。勿論、長い文でも構造が明快であればいいのだが、論文を書く自信ができるまでは、短くわかりやすい文を書くよう心がけることが大切である。それには原稿用紙で二行から二行半、だいたい四十字から五十字ぐらいが適当だと言える。

次にパラグラフだが、これもあまり長すぎると、そこに述べられている一つの思想が読者の頭にすっと入らないものである。それで一つのパラグラフは、十二行から十五行ぐらいまで（二百四十字から三百字）におさえるのが適当だろう。できればどのパラグラフも、この程度の長さにしておくと全体のバランスが良くとれ、論文に安定感が出てくる。

2　文体の統一

次の文を読んでどこがおかしいか考えなさい。

私は日本で生まれた。しかし五歳の時に両親とニューヨークに行きました。父が銀行員で転勤になったからです。ニューヨークには六年住んだ。小学校は普通のアメリカの学校に入ったので、私の英語はすぐ上達し、授業の時も英語で困ったことは一度もなかった。

それぞれの文末をみると、このパラグラフの中で二つの違う文体が使われている。日本語の文をみると普通は、「――である」、「――だ」という形と、「――です」、「――ます」との二つが使われている。文章を書く場合、文体はそのどちらかに統一する必要がある。右の文のように、「デアル」体と、「デス・マス」体の両方をまぜて使うのはおかしい。

3　語句の選び方

次の文を読んでみよう。――の部分の語句の選び方はどうだろうか。

○どんな仕事でも社会の役には立てるだろう。しかし、私は具体的な形を通して、自分がこの社会にしたことをみてみたい。私は建設会社に働くことで、この希望を具現できると信じている。

○「地元の人々との交流を……」、「野球を通して草の根交流を！」云々と、新聞等のメディアの世界では、さかんに「交流」という事が騒がれている様だが、民間、一般庶民の中においての浸透度が、果たして実は問題である。

○はっきり言って、私が見ている限りでは、教育の基本というものが成っていない大学が、日本に散乱している。

良い文章とは、まず論旨が明瞭でわかりやすいものでなければならない。良い文を書くためには、そこで使われる語句もこの目的にそって選ぶことが大切である。自分の考えを明瞭に述べるには、それにぴったり合った語句を選ぶ必要がある。これは簡単なようでなかなかむずかしい。適当な語句がみつからない時は、類語辞典などを参考にして考えるのもいいだろう。また日頃から語彙をふやすために、知らない言葉に出合ったら面倒くさがらずに辞書を引く習慣をつけることも大切である。普段の生活の中で、言葉に対する関心を絶えずもっていることも、書く上で大いに助けになる。

語句を選ぶにあたって次のようなことに気をつけよう。

① 抽象的な言葉をなるべく使わず、具体的な描写を用いる。「―的」、「―性」などは不明瞭になりやすい。動詞を多く使うと表現がより具体的になる。
② 長い修飾語は避ける。使う場合には、修飾語と被修飾語の位置を近づける。
③ むずかしい漢語などを、やたらに並べて使わない。
④ 流行語、紋切り型の表現、カタカナで書き表す言葉などを使いすぎない。
⑤ 故事・ことわざなどは意味・用法を十分理解した上で、効果的に使うこと。
⑥ 擬音語・擬態語を多用しない。
⑦ 文を単調にしないために、同じ表現を何度も使ったり、文末を同じ終わり方にしないように気をつける。
⑧ 使いつけない表現や慣用句などはなるべく使わず、自分の言葉で書く。

⑨ 専門用語を使う場合は、正確に使われているか注意する。

⑩ これ、それ、あれといった代名詞の使い方が明瞭かどうか、気をつける。

4　文章の書き方

次の文を読んで、わかりやすい文章とはどんな文なのか考えてみよう。

○しかし文化交流について実社会を奥深くのぞいてみると、実際は、限られた少数の特殊な人々によってのみ行動に移されているのが現状の様で、他の人間には受け身の姿勢がまだ多分に残っている様に思われる。世界レベルを一単位に状勢が動いている今日、一人一人の人間が世界レベルにまで思考・行動範囲を広げる事は、大いに可能であり、また必要である。

○物を食べるということは、とても深く、心理的な要素、愛情と結びついている。ともすれば化学成分的な味、技術のみが重要視されてきた食品関係の業界だったが、私はその心理的な面を加味して、総合的においしいもの、安全なもの、そしておいしく食べられる環境、すなわちレストラン、飲食店などの経営の分野も含めて、寄与していきたいと思う。

ここにあげた例文は、作文のクラスで学生が書いたものだが、文の構造が複雑すぎて、文意が明快でない。わかりやすい文を書くことは簡単なようでむずかしいことがわかる。明快な文を書くには短い文の方がいいと述べたが、一行ぐらいの短い文が並ぶのでは論文全体が単調になる。少し長い文でも主語と述語の部分が明瞭であり、構造が明快ならいいのである。しかし自分の思っていることをただ書き綴っていくと、この例文のように整理されていない文になりがちである。長い文を書く場合には、接続詞などを上手に使い意味が明瞭に理解できるよう工夫しなければならない。また文の前半と後半によじれがないよう、注意が必要である。その他、文を書く上で次のようなことに気をつけたい。

①一つの文が論理的に一つのまとまった内容をもっていること。

②文章に説得力をもたせるため、なるべく受動態を使わない。（しかし迷惑や被害をこうむった場合の描写などは別である。）

③重文や複文の場合、前半を短めに、後半を長めに書くとバランスのいい文が書ける。

④一つ一つの文が、そのパラグラフの主題にそった内容をもっていること。

⑤書き言葉は読者からのフィードバックが得られないので、書く者の考えが明瞭に述べられているかに注意して書く。

第三章　論文のまとめ方

これまでレポートを書くための資料集めと、実際に書く上でのさまざまな規則について学んできた。次はいよいよ書き始めるわけだが、まず次の問題について考えてみよう。

問題〔一〕

レポートや論文を書く場合、なぜアウトラインが必要なのだろうか。

（　　　　　　　　　　　　　　　　　　）

問題〔二〕

アウトラインはどのようにして作ったらいいのか。

（　　　　　　　　　　　　　　　　　　）

問題〔三〕

次の題目について小論文（八百字から千字位）を書くためのアウトラインを作ってみよう。

(1)　貿易摩擦(まさつ)問題

(2)　大学の入学試験について

一　アウトラインの作り方

レポートや論文を書く上で一番大切なのは、文の構成である。いくら美しい文章が書けても、論文全体が論理的に構成されなくてはいい論文とは言えない。文の構成を立て、論旨を明快に進めていくためには、まず集めた資料を基にしてどういうことを書くのか並べてみる必要がある。書きこみたい内容を箇条書にしてみると、全体の青写真がおのずと見えてくる。同時にこの箇条書は論文を書き上げたあと、書き落としがないか確かめるためにも使用できるので便利である。

書きたい内容を項目別にどんどん書き出してアウトラインを作るわけだが、これについても梅棹氏が非常に効果的なやり方を記している。(『知的生産の技術』)これまで自分流のやり方をしていた人も、梅棹氏の方法をヒントにして、カードを使ったアウトライン作りをやってみてはどうだろうか。

まず決まったサイズのカード（梅棹氏の場合は京大カードと呼ばれているもの）を用意する。書きたい内容の項目はノートの頁や紙に書き綴るよりカードに書いていくと、あとで全体の構成を考える時に役立つからだ。書く場合、一枚のカードに書きたい項目を一つずつ、できれば短い文章で書いていく。書き終わったあと広い場所にカードを全部並べてみると、内容的に関連をもつものが何枚かあるはずだ。関連のあるカードを集め、いくつかのグループに分け、一番上に内容の簡単な見出しをつけておく。それからグループ分けしたカードを、書く順序に従って並べていく。終わりにグループに分けたカードの山を並べ、論文の構成に従って順序を決めていけば、論文の骨組みができ上がる。あとはカードを一枚ずつつくりながら、各項目に肉をつけて書いていけばいいのである。

このようにカードを使うと、ノートと違い順序の組みかえが自由にできて大変便利である。

論文作成にはアウトライン作りが必要なこと、そしてどのように、そのアウトラインを作るかを学んだ。これは入社論文のように急に題を出されて書く場合も同じである。入社論文は、一時間以内に八百字程度の長さの小論文を要求するものが多い。この場合与えられた時間の四分の一くらいを、アウトライン作成に使う。まず題目について、どの範囲にテーマをしぼるか、す早く決め、次に書きたい内容を箇条書にする。八百字くらいの長さの場合は、全体を四つのパラグラフに分けて書くことを目安にして、アウトラインから全体の構成を考えるといいだろう。

ここで問題〔三〕のアウトラインのヒントの例をあげる。解答は必ずしもこれと同じである必要はない。

(1) 貿易摩擦問題

1 高度経済成長がもたらした貿易収支の黒字。欧米諸国を始めアジアの国々からの非難。

2 エコノミックアニマルとまで呼ばれる日本人の勤勉な仕事ぶり。電気製品や自動車、コンピューターの輸出。ハイテクの驚く程の進歩。

3 米国を始め各国の経済を圧迫。労働者の失業問題。

4 経済大国としての日本の役割。アジアやアフリカ諸国への援助。文化交流のあり方と平和のための貢献。

(2) 大学の入学試験について

1 経済成長による日本人の生活の向上。大学への進学率が上がる。

2 学歴社会。一流大学を卒業しなければ一流企業への就職はむずかしい。学歴や地位によって人間の価値判断をする日本の社会。

3　文部省による大学入試の選抜方法。受験地獄。自殺者やノイローゼになる学生が出る。

4　教育産業がおこる。予備校の増加。米国の大学の日本進出や帰国子女の増加は、日本社会の意識改革につながらないか。

二　パラグラフの立て方

問題〔四〕各パラグラフを構成している文は、どんな内容をもったものでなければならないか。

（　　　）

問題〔五〕パラグラフの中の文を並べる順序には、どんな方法が考えられるか。

（　　　）

問題〔六〕パラグラフとパラグラフの間には、二つのパラグラフをつなぐ言葉がよく使われる。どんな表現が使われているだろうか。

（　　　）

問題〔七〕

次の四つのパラグラフを正しい順に並べかえなさい。　（　）（　）（　）（　）

イメージにおけるタテとヨコ

A

だが、日本の文化を過去にさかのぼり、文化をつくり出した日本人の意識をさぐってみると、意外にタテ・ヨコの区別がはっきりしない。タテのなかにヨコ的要素があり、ヨコの中にタテ的関係がある。ヨーロッパのイメージが、タテ対ヨコの力学的緊張関係だとすれば、日本のそれは、タテ即ヨコ、タテとヨコのまざりあった結びつき、一種の〈面〉として理解することができる。

B

もちろんこれは、人間が自然に対して主体的独立を獲得し、文明を創造してからの意識である。原始時代の洞窟や道具に遺された未開のイメージは、写実的なものも抽象的なものも、まず有機的な曲線からはじまっている。ギリシア時代になり、世界を一定の秩序に組み立てようとする意志が働き出すとともに、タテ・ヨコの黄金比が美の基準となり、垂直に立ちならぶ列柱と水平にのびる梁の神殿建築が、調和の理想型と考えられるようになった。ギリシアはヨーロッパ精神の古典である。以来、ヨーロッパ人のものの見方、考え方には、たえずタテ・ヨコをはっきり区別し、その組みあわせから思考の論理を発展させる習慣が生まれた。私たちがものを見るとき、無意識のうちにタテ・ヨコの線を使うのは、ヨーロッパ思想の影響によるところが大きい。

C

これはたいへんあいまいな規定かもしれない。タテ即ヨコでは、対象を認識することも論理を操作することもできない。しかし私は、このあいまいさこそ、日本人の内面を支配するイメージの特殊性ではないかと考える。

D

人間はものを見る場合、タテの線とヨコの線でその形をとらえることが非常に多い。タテとヨコの組みあわせで、対象物を認識する。すなわち、私たちは意識のなかにタテ・ヨコの物差をもち、タテ・ヨコのイメージにあてはめて、対象物の美しさや性格を判断しているのである。人間はほんらい立っているものであり、人間の立つ地面は水平にひろがるものであり、両者のバランスが自分を中心とする世界を構築する——この主体的なイメージの発想から、タテ・ヨコを基本とする意識が生まれたのであろう。

1　パラグラフの長さ

アウトラインができたら次はパラグラフを立てていく。アウトラインの項目による区分と、パラグラフの区切りが必ずしも一致するとは限らない。入社論文のような短いものは、書き出す前にまずアウトラインの項目をいくつのパラグラフにまとめるか、考える必要がある。第二章の三のところで、一つのパラグラフの長さはだいたい十二行ぐらい、長くても十五行までが適当であり、できればどのパラグラフも平均した長さにしておくのがいいということを学んだ。そうすると八百字から千字ぐらいの長さの小論文の場合、パラグラフは四つぐらいにするのが適当だと言える。長い論文の場合は、各パラグラフにそれぞれアウトラインを作ることも必要になる。そしてだいたい何字ぐらいで内容をまとめるかを同時に書いていくと、全体の長さの目安になって便利である。

2　パラグラフの内容

パラグラフの長さが決まったら、次はどんな内容を盛りこむかである。一つのパラグラフには必ず一つの主張を述べるトピックセンテンスが必要である。そして他の文はこのトピックセンテンスの考えを説明したり、補ったりする内容をもったものでなければならない。パラグラフの中のトピックセンテンスは、常にパラグラフの始めにあるとは限らないが、なるべく始めに書くと、読者には要旨が理解しやすい。そしてその論文の要旨をまとめたり、要約する場合には、このトピックセンテンスを拾っていくと容易にできる。次の例文を読みなさい。

　日本では、経営者の最も大切な役割は、社員との健全な関係を育てることだと言われている。会社の中に家族的な一体感を生み出すこと、言いかえれば、社員の間に経営者と運命を共にしているのだという気持ちを抱かせることである。日本で最も成功している企業は、会社員に運命共同体意識を植えつけた企業である。この点が、企業を構成している人たちを、株主、経営者、労働者の三つのグループにはっきり分けて考えるアメリカとの大きな違いである。

（盛田昭夫『Made in Japan』）

トピックセンテンスが一番始めに明快に打ち出され、続く各々の文もトピックセンテンスの内容をよくサポートしている。

　それでは一つのパラグラフの中の文は、どのように並べていったらいいのだろうか。英語の作文の書き方を勉強したことのある人は、すぐ次のような考えが浮かぶのではないだろうか。

①　時の順（time order）
②　空間の順（space order）
③　単純なものから複雑なものへ
④　一般的なものから特殊なものへ
⑤　一部分から全体へ

⑥　原因から結果へ、または結果から原因へ

⑦　既知なものから未知なものへ

⑧　事例などをあげていく

次に①と②の例をあげてみよう。

①の例

父は、私が高等学校（旧制）に入学すると、休暇を利用して旅行をするように強くすすめた。父から旅費をもらって、私はまず日本各地を学校友達と旅行し、つぎに朝鮮の親戚を訪ねた。朝鮮のあと満州まで行き、一九三九（昭和十四）年か四〇年だったと思うが、初の完全冷暖装置付き列車である流線型の「アジア号」にも乗った。

（盛田昭夫『Made in Japan』）

②の例

宿は鎌倉でも辺ぴな方角にあった。玉突だのアイスクリームだのというハイカラなものには長いなわてを一つ越さなければ手が届かなかった。車で行っても二十銭は取られた。けれども個人の別荘は其所此所にいくつでも建てられていた。それに海へは極近いので海水浴を遣るには至極便利な地位を占めていた。

（夏目漱石『こころ』）

このようにいくつかの文が集まってパラグラフを構成し、またパラグラフがいくつか集まって一つの論文、あるいは一章を構成することがわかった。この場合、文と文、パラグラフとパラグラフの間のつなぎがスムーズになっていなければならない。一つの区切りから区切りへの橋渡しがうまくいっていると、一つの流れができ、読者は無理なく書かれてあることを理解できるのである。

問題〔六〕について、いくつぐらいつなぎの言葉が考えられただろうか。次に論文などでよく接続に使われる言葉をあげてみる。正しい使い方をしてほしい。

① 逆接
　しかし、だが、けれども、ところが、それにもかかわらず、とはいえ、それなのに

② 話題をかえる
　ところで、さて、では、それはさておき

③ 説明と言いかえ
　なぜならば、というのは、だから、たとえば、その結果、そのため
　つまり、要するに、結局、すなわち、言いかえると、換言すれば

④ 並列
　また、および、かつ、同時に、次に

⑤ 選択と対立
　または、あるいは、もしくは、…というより(むしろ)、一方、これに対し

⑥ 継続
　次に、その後、したがって、続いて、そして、それから、やがて、しばらくして

⑦ つけ加え
　そして、それに、その上、しかも、さらに、それどころか、それに加えて

こうした言葉を使う場合は、前後の文と文、あるいはパラグラフとパラグラフの内容の関係をしっかり把握しておくことが大切である。次にこれらの言葉を使ったパラグラフの実例をあげてみる。

自殺へのあこがれ

ここで私は話を少々飛躍させ、日本人と自殺の関係を、意識の面から考えてみたい。ルース・ベネディクトは日本人の自殺を、「自分自身に対して行う最も極端な攻撃的行為」と規定した。ヨーロッパやアメリカの自殺者は、特殊な場合をのぞいて、絶望に屈服した敗北者として葬られてしまう。ところが日本の自殺者は、汚名をそそぎ、〈義理〉をはたした人間として逆に称賛される。それは、外に対する攻撃が、内に対する攻撃に転化したに過ぎず、両者はともに勇気ある者の行為なのである――。ベネディクトの理解は、日本人と自殺の関係を、あまりにも単純に割りきり、意識の微妙なニュアンスを無視しているように思う。ただ日本人が、他の国民にくらべて、自殺をけっして罪悪視しない、いやむしろ、自殺に大きな関心を払い、自殺を美化するいちじるしい傾向をもっている、これは一つの事実である。

たとえば、世界的に有名な日本人の〈ハラキリ〉、切腹は、形式化した自殺の美学である。もともと切腹は、激しい苦痛をともなうわりに、致死の確実性が薄いといわれる。にもかかわらず、「五臓六腑が生命の中心であり、「腹をわって話しあう」「腹の底までこたえた」「腹が太い」など、〈腹〉に対する伝統的観念によって、切腹はやがて名誉ある処刑の手つづきに転化した。

―中略―

では、日本人はなぜ自殺に心をひかれるのだろう。一つはすでに述べた〈みち〉の観念である。〈みち〉が閉ざされ、それ以上進むことができなくなったとき、すなわち、生きていくうえに必要な〈みち〉を見失ったとき、日本人は人生が終わったと感じる。そこで、日本人は〈みち〉をみずから放棄することで、死を選ぶ。

もう一つは、生きることの放棄が、自然の安らかさに帰るような魅惑をふくんでいるからだろう。その証拠に、自殺形式の代表的なものとして、華厳の滝、三原山、熱海海岸などの投身自殺が多いことだ。あるいは人里離れた森のなかや山奥で、服毒・縊死の例も少なくない。

これらはいずれも、大自然のなかに自分の存在を投げ込み、自然と一体化しようとする試みであろう。周囲の人々もまた、こういう自殺形式を美しいと感じ、歌にうたわれたりドラマの素材になったりするのである。おそらく、行為としては別な自殺手段を用いる人々も、意識の底に、高い岸壁から海中に身を投げるような情緒を、秘めているのではあるまいか。

ところで私は、こういう自殺者の意識が、日本人の余白に対するあこがれと、強く結びついていることを、指摘しておきたい。自然に帰ろうとする彼らの心理は、水墨画における白の部分である。余白にとけ込む、余白はすべてを飲み込む——この安心感である。歩むべき〈みち〉を見失ったとき、私たちがつねにイメージとして思い浮かべるのは、自然自体ではなく、見えない自然の白い部分ではあるまいか。

（岡田晋『日本人のイメージ構造』）

三　全体の構成

最後にアウトラインをもとにして、論文全体の構成をどのようにしたらいいか考えてみよう。論文の構成要素として次のような順が考えられる。

A　①序論　②本論　③結論
B　①導入　②展開　③結論
C　①発端　②経過　③結末

この三つの構成法は表現は異なっているが、考え方は同じである。まず始めの導入部分で、この論文で述べることを解説し、本論ではその内容をさまざまに説きひろげ、結論にもっていく。長い論文の場合でも、この②の部分がいくつもの項目に分かれて長くなるだけで、構成法はかわらない。

①の序論の部分について、木下是雄氏は『理科系の作文技術』（中公新書）において、「世の中が忙しくなるにつれて、論文の重心が前のほうに移った」として、重点先行主義ということを述べている。すなわち、序論に論文の要旨を盛りこむのである。最近科学系の論文には、論文の内容を著者自身が抄録した著者抄録をつけることになっているので、読者はまずそこを読み、その論文の内容を理解する。これは科学系の論文のみならず、全ての論文を書く上で大変いいヒントになると思う。論文の始めにその論文の要旨や目的が明瞭にまとめられていれば、読者は必要な論文だけを読むことができて便利だからである。

②の本論においては自分の主張を展開して述べていくわけだが、その主張を支えるために引用文やデータを使ったり、実例をあげたり、色々工夫することが必要である。長い論文の場合、この本論の部分が長くなるわけだから、前に述べたようなカードを使ってアウトラインを構成していく方法は、大変効果的である。またパラグラフを立てる場合、まずトピックセンテンスを書いて、そのカードを並べてみると、パラグラフの順序が決めやすくなる。そしてトピックセンテンスの要点を小見出しのように短く書き出し、アウトラインの項目と照らし合わせると、書くべき内容を落とさずにすむ。この本論で大切なことは、書くべき内容がどんな順序で並べられているか、その順序は読者が読んでいくうちに頭に入るような論理的な流れになっているかということだ。本論の構成についても、パラグラフの中の文章の並べ方がそのまま応用できるので参考にしてほしい。

③には、①と②で述べてきたことの結論を書く。長い論文の場合には、その論文全体の総まとめ

を書くこともある。ただ先に述べた重点先行主義のやり方を取り入れる時には、この結論の部分において同じことをくり返して述べる必要はない。読者の中には序論と結論にまず目を通す人がいるので、結論も明快に書くことが大切である。

ここで第三章の問題〔三〕で取り上げたアウトラインの例を、どのようにまとめるか考えてみよう。

(1)　貿易摩擦問題

1　序　論

始めに日本の経済成長がもたらした巨額の貿易黒字について、欧米諸国やアジアの国々から非難を受けていることを述べる。次にこのために日本はどんな対策を打ち出すべきかという問いを提示する。

2　本　論

エコノミックアニマルとまでいわれるほど勤勉な日本人の労働力が、秀れた電気製品や自動車を生産し、輸出産業が伸びたこと。またハイテクの驚く程の進歩により、コンピューターを始め高度技術を必要とする製品の生産が輸出に拍車をかけたこと等、実例をあげて貿易収支の黒字の原因を解明する。次にこの結果、他国ではどんな影響を受け、経済状態がどのように変化したかを述べる。

3　結　論

海外の国々から非難されたからといって、日本は全て輸出をやめるということはできない。それでは今後の日本は経済活動を行いながら、他国と平和共存するために何をすべきかについて考察をする。そのための解決策の例として、アジアやアフリカ諸国への援助、欧米諸国への貿易の自由化、他国との文化交流のあり方について言及する。

(2) 大学の入学試験について

1 序　論

大学への進学率が上がった結果、受験生がふえ、受験地獄などといわれる状態が最近ますます悪化している。そしてこの入学試験の弊害が社会問題になっていることを述べる。次にこの問題を打開するには、どんな方法があるかという疑問を提出する。

2 本　論

受験地獄のような現象が現れた原因として、学歴を尊重し出世をよしとする日本社会の体質、文部省の受験対策への対応のまずさ等、例をあげて述べる。その結果、予備校が増加し親の教育費負担がふえたり、若者のノイローゼや自殺、登校拒否などが起きるといった弊害について論を展開していく。

3 結　論

日本とは異質な教育を受けた帰国子女の増加や、米国の大学の日本進出、一般の日本人学生の大学教育の方法に対する不満、一流企業の外国人採用等が、これまでの日本の社会意識を改革するきっかけになるのではないかと結ぶ。

以上二つの例をあげてみたが、同じテーマで自分の考えを論文にまとめてみよう。

第四章 推敲と文章構成のチェック

論文ができ上がったら最後にしなければならないことは、正しく書けているかどうかのチェックである。自分で自分が書いたものを読みかえしても、なかなか誤りに気づかないので、誰か他の人に読んでもらうのがいい。しかしそうできない場合は、書き上げてから二、三日おいて読みかえしてみる。時間をおくことによって自分で書いたものでも客観的にみられるようになるからだ。

読みかえす時には、これまで勉強してきた規則や注意事項についてチェックすればいいのだが、わかりやすいように項目別にまとめる。論文を書いたあと必ずこの項目について、チェックすること。何回かチェックをくり返していると、次に論文を書く時にこの項目が頭に入っているので間違いが少なくなると思う。下書きができる場合には、清書の前にチェックをするといいだろう。

1 表記のチェック項目

① 誤字、脱字がないか。
② 句読点の打ち方は適切か。
③ 送り仮名や仮名づかいが正しいか。
④ 原稿用紙の書き方は適当か。
⑤ 文字は読みやすく、丁寧に書いてあるか。

2　文章のチェック項目

① 使用している語句は適当かどうか。
② 同じ表現をくり返していないか。
③ 長い文の場合、文によじれがないか。
④ 文体が統一されているか。
⑤ 俗語や紋切り型の表現をさけているか。
⑥ 表現にむだがないか。
⑦ 表現は抽象的でなく具体的にされているか。
⑧ 一文の長さは適当か。
⑨ 文章に説得力があるか。

3　文章構成のチェック項目

① タイトルは論文の中心になるテーマを適切に表現しているか。
② 一つの中心になるテーマが論文全体をつらぬいているか。
③ 序論で論文全体の内容、目的などが紹介できているか。
④ 本論で主題の展開が明瞭に行われているか。
⑤ 本論の論旨のすすめ方は、わかりやすいか。
⑥ 結論に自分の主張が正確に打ち出されているか。
⑦ パラグラフの切り方は適当か。
⑧ パラグラフの長さは適当か。

⑨ パラグラフとパラグラフのつながりが、うまくできているか。

⑩ パラグラフ一つ一つの内容が、トピックセンテンスを中心にしてまとまっているかどうか。

チェックポイントが多くなったが、論文を書くことに慣れてくると、書く段階でこれ等の項目が自然に頭に入るようになる。始めのうちは、書く前や書いている時にこの項目に目を通すのも一つの方法である。

第五章　項目別 作文演習

第一章から四章にかけて、書く上での規則や注意すべき点について学んできた。この五章では、いくつかの主題のもとに実際に書く練習をしたいと思う。ここで取り上げるものは、大学の日本語作文演習のクラスで行ったカリキュラムの一部である。このコースを履修する大部分の学生は、帰国子女と呼ばれる、海外で小・中・高校の一部の教育を受けた人達だが、外国人の学生も何人かいる。授業のやり方は、作文の主題によって、書く前にビデオテープを見たり、討論をしたり、本を読んだり、さまざまな方法を用いるので、各項目別にその説明をしていくことにする。

一　紹介文

実際に書く練習にあたって、まず紹介文を取り上げる。紹介文といっても色々あるが、ここでは自分を紹介する文を書くことにする。この題を取り上げた理由は、第一に書く材料が身近にあるということ、第二に四年目の学生は、入社試験を受ける場合に、あらかじめ自分の経歴をまとめておくと役に立つこと、第三には教師が学期の始めに学生のバックグランドと、書く能力を把握しておくためである。なお書き方として、自分のこれまでの生活や、ものの考え方等を見つめ、特徴や個性が表れるように書くことが大切である。

1　書く前の手順

教師は学生にあらかじめ次のような予告をしておく。

①テーマ　「私の履歴書」(自分自身の紹介を、エッセイの形にまとめる)

②字　数　四百字詰め原稿用紙二枚

③時　間　クラス内で一時間で書く

2　紹介文の実例

(実例一)

私の履歴書

私は昭和四十四年三月十日、東京で生まれました。四歳の時、父の仕事の都合でイギリスに行き、幼稚園に通い割に早く英語を身につけてしまいました。当時はまだ日本人はめずらしかったようですが、毎日たくさんの友達とよく遊びました。

その後二年半程公立の小学校に通い、日本にもどりました。なかなか日本の習慣や友達に慣れず、いじめられたりしていい思い出はありません。しかしすぐまた父の転勤でニューヨークに行くことになりました。私は英語が使えることもあり、喜んでアメリカの土を踏みました。日本人の友達もアメリカ人の友達もでき、小学校六年まで楽しく過ごしました。

中学校ではブラジルのアメリカン・スクールでした。ここでは世界中から集まって来た多くの人々に会い、少しずつ違った文化や違った考えに気づくようになりました。友達の家に遊びに行き、めずらしい食物をごちそうになったり、面白い習慣を見たり、毎日驚くことや新しい発見がありました。

ブラジルに二年半住んだ後、イタリアに移りました。ローマは大変古い街で、歴史的な場所がたくさんあります。私はこの古い街が大好きになりました。イタリア人は陽気で明るく一緒にいると楽しくなります。学校の休みには、家族とよくヨーロッパを旅行しました。これは本当にすばらしい経験だと思います。こんなに色々な外国に住まなければ、多くの人々に出合い、さまざまの違った文化や生活を体験できなかったでしょう。

ハイスクール二年の時、日本に帰国しましたが、日本の高校に入ってからは勉強が大変でした。大学進学を考えた時、これまで自分が経験した外国での生活から学んだものを生かしながら、日本のことも学びたいと思い上智大学を選びました。そして今各国の人々と共に学ぶこの大学に、大変満足しています。

（実例二）

私の履歴書

私は父の仕事の関係で、これまでの人生の半分を米国で、もう半分を日本で送ることが出来ました。そのため異なった文化を持った国で培った物事に対する感じ方や、考え方は、私の生活に大きな影響を与えています。

その代表的なものとしては、米国では問題意識を持って、自分の意見をはっきり述べること、一方日本では協調性、つまり周囲の人と調和を保ちながら生きていくという、人間社会において必要不可欠な要素が挙げられます。

米国では問題意識を持たせるという意味で、小学校低学年から時事問題に取り組ませます。私が通っていた小学校では、各自週一回の割で、新聞から自分の興味をひいた記事を切り抜き、皆の前でそれを要約して感想を述べさせられました。その直後に、先生に二、三質問され、その時の自分の答えを通して別な物の見方が養われて行きます。しかし何事にも長所と短所の両方があるもので、この教え方も例外ではありません。個人の性格や生い立ちもありますが、自分の意見に固執しすぎるために、押しの一手になりがちとなり、極端な場合、他の人々の意見を客観的に捉えられなくなったり、受け入れられなくなるという弊害があります。

これとは対照的に、日本では協調性、つまり周囲の人間との和に重点を置いています。日本の中学校と高等学校の大半は、その学校の生徒としての自覚を養うため、生徒達に制服の着用を義務付けています。また学校内での、そして生徒自身の秩序を保つため、校則が設けられています。更にクラブ活動などに見られる、一致団結の精神などからも、いかに日本が人間関係の調和を大切にしているかということがうかがえます。義務を果たさなければ権利を得ることはできないし、また人間は全く一人で生きて行くことは不可能なので、自分を多少おさえてでも、周囲と穏便につきあって行くことを幼少年期から習慣づけておくことは、社会を円滑にする上でも大切なことです。しかしこれも極端にはしると、個人の意志が尊重されなくなり、自己判断や個人における決断力も鈍り、互いに助け合うのではなく、互いに頼りあったり、足を引っぱり合うようなことにもなってしまいます。

現在、あと約四ヶ月で学生生活に終止符を打とうとしている私にとっての最大の課題は、米国で身につけた自己表現と、日本で今も学びつつある人間の和をどのように調和させていくか、自分らしさと、社会人として要求されるべき事柄とを、いかにして両立させていくかということです。

先にあげた二つの作文を読んで、どんな事に気づいただろうか。実例にあげたものについてくわしく批評をすると、先入観ができ、実際の練習の妨げになるので、二、三、気をつけてほしいことだけを簡単に述べることにする。

これまで、この題で書かれたものの半分近くが、実例一のような書き出しで始まっている。もしこれが入社試験の論文だった場合は、読む側は何十人、何百人の書いたものを読むわけである。どれも同じ書き出しだと、「またか」と思うことになる。書き出しの工夫が必要である。内容も自分の経歴について書くので、「何歳の時、どこで何をした」といった書き方になりがちだが、八百字程度でまとめるには、どこかに焦点をあてることが大切だ。

二番目の実例は、米国と日本の二つの違った国で生活した体験に的を絞って書かれている。前半は、二つの異文化を通して学んだ二つの違った考え方や、生き方がわかりやすく書かれている。後半では、これから社会人として巣立っていく時に、この二つの異文化をどのように調和させていったらいいかを問題にしている。字数は少し多いが、異文化での生活体験が自分の人生に与えた影響をうまくまとめたいい作品である。

二　依頼文と書簡文

社会に出てからは勿論だが、大学在学中も留学や就職のための推薦状や、サークル活動への講演、コーチの依頼など、お願いの手紙を書かなければならないことが何度かあると思う。親しい友人には手紙を書くことがあっても、目上の人に正式な手紙を書いたことのない人は、こんな時とまどいを感じることが多い。

まず、一例として講演を依頼する手紙を書かなければならない場合、どんな内容を、どのように書くか、木下是雄氏の『理科系の作文技術』（中公新書）が大変参考になるので引用する。

仕事の用件の手紙は最も簡潔に、しかし要点は残りなく言いつくすように、書かなければならない。次の例を見よう。

拝啓　時下ますます御清祥の段およろこび申し上げます。先日お目にかかりました節にお願いして御内諾をえましたとおり、来る5月20日（月）午後3時から、当社において「RFスパッタリングの機構」について御講演いただきたく、よろしくお願い申し上げます。講演後の質疑応答をふくめて2時間を予定しております。

当日午後2時に貴研究所にお迎えの車を参上させます。御講演のあと、技術部長が粗餐をさしあげたいと申しておりますので、お差支えなければそのように御予定ねがいあげます。

敬具

これでいいのだろうか。講演者としては、講演題目と割り当て時間以外に次の諸点を知りたいはずだ。

○　講演の目的（一般的な社員教育として？　RFスパッタリングについて作業上とくに問題点あるいは疑問点があってのこと？）

○　聴衆の予備知識の程度と人数

○黒板、スライド、ＯＨＰ（オーヴァーヘッド・プロジェクター）のどれが使えるか？

〈先日〉の話し合いでこれらの点がぜんぶ明確になっているのでなければ、受信者に問合せの手間をかけることになる。たとえ、一応は口頭でつたえてあるにしても、あらためてこれらのポイントをきちんとおさえるのが〈用件の手紙〉の書き方なのだ。

私なら、情報伝達に関係のない「拝啓　時下ますます……」は省いて次のように書く。これは、受信人はその会社の仕事の内容はひととおり知っているものと想定しての作文である。

先日お目にかかりました節にお願いして、ご内諾をえましたとおり、当社の技術部員の技術常識の向上を目的として、下記の要領でご講演いただきたく、よろしくお願い申し上げます。

1　題目：ＲＦスパッタリングの機構。
2　日時：５月20日（月）15—17時（質疑応答の時間をふくむ）。
3　場所：当社の第一会議室。
4　聴衆：技術部員、大学卒、約30名。大半は電気または通信工学科出身。ほかに物理、応物、化学、機械出身が若干。平均年齢30歳？　約10名はスパッタリングの実地経験あり。
5　黒板、スライド、ＯＨＰの準備あり。ただしスライドとＯＨＰと同時には使えません。
6　連絡担当者：技術部第一課長　田中太郎。（03-500-6249内線819）。

このあと「当日」以下は原案とあまり変わらないが、「敬具」は省く。

1　書く前の手順

次のクラスですることについて、学生に次のような予告をしておく。

①テーマ　依頼の手紙（依頼の内容と必要事項は、各自がクラスに出る前に考えておくこと）
②字　数　八百字
③時　間　クラス内で一時間で書く

2　依頼文の実例

（実例一）

山本先生

日ごとに夏の訪れを感じさせるむし暑い日が続いておりますが、いかがお過ごしでいらっしゃいますか。

先日のアジア開発会議のミーティングにおきましては、先生が韓国大使でいらした時の貴重な体験談を伺うことができ、現在属しております日韓交流会のメンバーとして、大変参考になりました。

さて、我々日韓学生交流会では、新メンバーを揃え、ただ今、今夏の第三回交流会に向けて、勉強会を進めております。先日の先生のお話の要点をまとめてメンバーに伝えましたところ、是非とも先生にお越しいただき、詳しいお話を伺いたいという声が多く出ました。お忙しいところ真に恐縮でございますが、御講演をお願いしたく筆を取りました。もしできましたら左記の要領でお願いしたいと存じます。

1　日　時　七月十五日（水）午後三時～五時（質疑応答の時間も含む）
2　場　所　上智大学三号館二階会議室

3　聴衆　日韓学生交流会のメンバー約30名、OB約20名
4　題目　日韓のイメージ構成におけるプロセスと歴史的背景

なお、会議室においては、黒板、スライド、OHPなどの準備がしてあります。また、当交流会では毎週勉強会を開いていて、歴史事項、特に日韓関係史については、これまでに三回ほど会をもちました。OBの人達は去年までの交流会で実際にソウルに参り、ソウル大学の学生宅に滞在するという経験もしております。

先生の御都合に合わせ、日時はこれから調整させていただきますので、五月二十五日頃、私の方から直接お電話で御相談致したいと思っております。当日は御講演の後で、会長が粗餐を差し上げたいと申しておりますので、よろしければそのようにお願い致します。

五月十八日

日韓学生交流会
今野　美奈子
（〇三―四五六―八九一一）

（実例二）

茅野先生

寒さのきびしい毎日で御座居ますが、先生には御健勝のことと存じあげます。

さて、私どもの同好会「日本語愛好会」では、同好会報「ジャポン」を毎月発行いたしており

ますが、四月号には、「私と日本語」というテーマで特集を企画しております。近頃日本語を学ぶ学生もふえ、日本人学生の中には日本語教育に注目する人も多くなっています。

つきましては、先生に原稿をお寄せいただきたく、御多忙とは存じますが、なにとぞよろしくお願い申し上げます。先生の他には、日本語をマスターなさった外国人の先生方数名に、原稿をお願いする予定です。

記

1　テーマ　「私と日本語」
2　字　数　八百字
3　読　者　上智大学及び都内四年制大学の文学部に在学中の学生
4　締　切　二月一日（月）

原稿ができ上がりましたら御一報下されば、いただきにお伺いいたします。なお御参考までに一月号の会報を同封させていただきました。どうぞよろしくお願い申し上げます。

一月十日

日本語愛好会会長
岩井　柚佳里

連絡先
〒102千代田区紀尾井町七—一
上智大学　日本語愛好会

「ジャポン」編集部
電話番号（〇三ー一五六ー四七八三）

（実例三）

池上恵子先生

春も過ぎ初夏を思わせる季節となりましたが、池上先生にはお変わりなくお過ごしのことと存じます。

先日、お電話でお話しいたしました通り、私はカトリック信者になるために、一年あまり公教要理（聖書とカトリックの教えについて）を勉強して参りましたが、その努力が実り、この六月七日に、上智大学のロボ神父様より洗礼をさずけていただくこととなりました。成城短期大学での行事などで池上先生もお忙しくていらっしゃることと存じますが、先生に洗礼式に御出席いただければ誠に嬉しく存じます。

なお、洗礼式のあと、これまでお世話になったシスターの方々、友人、また両親や兄などと、内輪だけのパーティを予定いたしております。お時間がありましたら、まことに恐縮ですが、そちらの方にも是非、御出席いただきたく存じます。

日時、場所は次のようになっております。

日時　昭和六十三年六月七日（日）

午後一時より三時まで（三時半より五時までパーティの予定）

場所　上智大学構内クルトゥル・ハイム

なお御出席の有無は、お手数ですが同封のはがきを返送していただければと存じます。それでは先生にお目にかかれますのを楽しみにいたしております。

五月十五日

坂崎　美子

池上先生

（実例四）

入国申請理由書（学生ビザ）

昭和六十三年十月一日

法務大臣殿

入国希望者、私、蔡佳花は、現在シンガポール文部省日本局に付置されている外国語センターに勤務しております。職務は、日本語教育関連の教職員の指導監督、並びに教育カリキュラムの管理などを行っております。更に私自身も現在教壇に立ち、日本語を教えております。

私はシンガポール大学文学部英語科を卒業後、日本語の習得に励み、昭和六十年には三か月間、コロンボプランの留学生として日本語習得のため、滞日いたしました。又、昭和六十一年から一年間、在職のまま外国語教育に関する知識習得のため、同じくシンガポール政府の付属研修所である、東南アジアイギリスセンターで研修を受けました。更に昭和六十一年から在職のまま、シンガポール国立大学の修士課程に入学しました。修士論文の主題は「シンガポールの学校教育における二か国語政策に関する検討と研究」でした。

シンガポール政府は、将来に渡って、日本語教育を重要課題とし、日本語教育のエキスパートの養成に力を入れております。入国申請者、私は日本語留学により一応日本語の習得はしております。しかし外国語センターの日本語教育の責任者として、なおいっそうの能力を要求されております。現在政府の援助で上智大学比較文化学部に留学が認められています。以上のような理由で日本入国の申請をいたしますので、よろしくお願い申し上げます。

入国申請者　蔡佳花

以上四つの依頼文をあげたが、それぞれ必要事項を盛りこみ、表現も明快で、敬語もうまく使われており、良く書けたと思う。それぞれ依頼の内容を考えて、書く練習をしてみよう。

注　手紙文の形式については、本シリーズ11『表記法』を参照のこと。

三　要約文

欧米で育った帰国子女や、高校の時に米国留学を経験した学生が多くいる大学もある。そうした大学では欧米については知識も豊かなのだが、アジアについては興味をもっている人がそれ程多くないようだ。それでアジアについて学び何か書いてみようと、次に一部を引用する『二つの顔の日本人』（鳥羽欽一郎、中公新書）を取り上げてみた。限られた授業時間に二二〇頁のこの本を全部読むことはできないので、クラスでは討論のポイントとなる一部だけを読み、残りは全てクラス外で読んでくることにした。

この本は早稲田大学商学部の教授である鳥羽先生が、マラヤ大学の客員教授としてマレーシアに滞在された時に体験された現地での生活を通して、見聞きし、感じたことを書かれたものである。作者自身があとがきに「この本は奇妙な本である。東南アジア論でもなければ日本人論でもない。日本社会論や文化論でもなければ経済論でもない。そのいずれでもありいずれでもないというのが、本当のところだろう」と述べているように、自らの体験や考えを率直に綴られているため、文がわかりやすく外国人学生にも理解できたのが良かったと思う。次に目次と、本文の一部を引用する。

目次

黄色い顔と白い顔

成功した男の物語

まず、一つのたとえ話からはじめよう。あるところに貧しい男がいた。その男は貧しさが嫌(いや)だった。これから脱(ぬ)けだそうと思った。そこで働いた。しゃにむに働いた。人のことなど構ってはいられない。自分のために、わき目もふらず働いた。そして、チャンスにも恵まれどうやら金持になった。立派な家に住み、美しい衣服をき、うまい物も食べられるようになった。〝これでいい〟と男は安心した。しかし、この男は善意の男だった。〝俺だけこんなになっても悪かろう〟と考えた。そこで、本当に久しぶりに、村を捨ててからはじめて、かつての自分のように貧しい人々のところにいってみた。そして話しかけた。

「俺は一生懸命働いた。そしてみろ、こんな良い服もきられるようになった。この腕時計を見てみろ、百万円もするんだぞ。どうだ俺が助けてやる。同じように働かないか」

みんなは〝なるほど〟と思った。しかし少し働くと、嫌になってしまった。何人かの人たちは努力を続けたが、すでに環境が変っていて、その男のようにうまくはゆかなかった。男はまたやってきていった。

「だめじゃないか。それなら俺がここに工場をたててやろう。金も貸してやる。これならできるはずだ」

人々は工場に入って働いた。しかし工員以上になれる者はいなかった。支配人や工場長はもちろん、職長まで外からやってきた。かれらは、〝会社の利益だ、君たちのためにもなる〟といって、規律をきびしくし、能率を上げようとした。たしかに、その結果、工場の生産はあがった。しかし、人々の生活がそれほどよくなったとは思えなかった。

男はまた工場に来ていった。

「どうだ。しっかり働くのはいいことだろう。前よりよくなったろう」

みんなは答えていった。

「少しはよくなったかもしれねえ。しかし、お前のいうことはもうきけねえ」

「どうしてだ」

と男はきいた。

「どうしてだって、お前はもう俺たちの仲間じゃないからさ」

この工場で、ストライキが起ったかどうかはしらない。しかし、ストライキが起ったら、〃俺の善意が判らん奴だ〃とこの男は怒り、これを弾圧しようと懸命になっただろう。

西欧化した日本人

たしかに、とぼくは思う。明治以来の日本人はよく働いてきた。働かなかったら、東南アジアの発展途上国と、いま頃、同じ状態にあったかもしれないとさえ考える。こうして、働いて働いて、GNPをのばしてきた。チャンスにも恵まれたろう。素質もあったかもしれない。そして今日では、どうやら、目標とした西欧の水準に追いつくにいたった。アジアの昔の仲間に、〃善意〃で金を貸し、工場を建て、職を与えることもできるようになった。しかし、自分はどうなったのだろう。気がつかないうちに、アジア人ではなくなってしまったのではなかろうか。では何になったのか。少くとも意識の上では、一生懸命真似をしてきた、西欧人になってしまったのではなかろうか。〃イエロー・ヤンキー〃という表現には、そういったニュアンスさえ感じられる。〃黄色い肌をした白人〃という意味ではない。〃黄色い肌をしているくせに白人のようにふるまう〃という意味である。

今度東南アジアに住み、各地を旅行などして会ったかぎり、多くの現地に住む日本人の考えなり物の見方、あるいは態度までもが、アジア人としてではなく、西欧人のそれになりきってしまっているような気がした。たとえば、東南アジアに進出した日本企業の管理者にインタビューしてみよう。

「どうですか、労務の問題などは」

「そうですね。質からいって相当落ちます。いわれたことしかできない、という感じです」

「それにたいしてどうされていますか」

「まず訓練です。それから規律。とくに仕事の上で組織化することが大事だと思います」

これは別にどうということもない。当然の答えともいえるだろう。しかし、ぼくが西欧企業の管理者にインタビューしたときに聞いた答えと、その冷い感じが、なんとまあよく似ていることだろう。同じアジア人としての愛情などは、とても感じられない。

こういう感じは、現地の日本人からうけるだけではない。日本にいる日本人の、東南アジアにたいする感覚からもうけとられるのだ。たとえば、日本の新聞や雑誌論文などが「東南アジアでは……」と論じているのを現地で読むと、同じアジア人である日本人が、まるで西欧人と同じように、遠く離れた冷い眼で物をいっている感じをうけるのだ。もともと、〝東南アジア〟という言葉に含まれるニュアンスは、かつて日本が〝極東〟と呼ばれたように、人種的にも地理的にも西欧人がこの地域を把える、ヨーロッパ的な把え方であったように思える。この地域が、ぼくらの歴史の中に登場したとき、あるいは〝ルソン〟とよばれ〝シャム〟とよばれた。もちろん、今日ではフィリピンなりタイで、ルソンでもシャムでもなかろう。しかし〝東南アジア〟という表現自体の中に、ぼくらの隣国としてのシャムやルソンとはニュアンスの違った、西欧的な発想を濾過した把え方を、ぼくはどうしても感じてならないのである。

こうした感じを、ぼくは目の前で実感したことがある。マラヤ大学で、東南アジア諸国をめぐる国際会議が開かれ、オブザーバーで出席したときのことである。ベトナム、インドネシア、タイ、フィリピン、シンガポールの学者が集り、それにアメリカ、イギリスの学者、また日本からの学者の参加もあった。議論はいろいろであったが、東南アジア諸国の学者たちが、自国の立場から物をいい、東南アジアの立場から発言したのは当然であるし、また西欧の学者が、西欧人としての発想から、外部からの見方を展開していたのもきわめてあたりまえのことであった。しかし、日本の学者の立場はどうだったろう。

実は、ちょっと驚いたことだが、日本の立場というものはほとんどなかった。要するに発想そのものが西欧的立場からの立論だったのである。日本人は、すでにアジア人ではない。〃黄色い顔〃をしてはいるが、心は〃白い顔〃の西欧人だとぼくは感じた。

豊かな日本人　日本人は立派になった、とぼくは思う。現地でみかける日本人は、実に堂々としている。服装もいいし、栄養もいい。西欧人や現地の金持の住む立派な住宅地に住み、アマや運転手を雇い、コックを雇っている者もいる。こういうぼくでも、日本で考えると嘘のような広い家に住み、必要がなかったから使わなかったが、運転手を雇うことも何でもなかった。いつか子供を迎えに、現地の日本人小学校へ行ったときのことを思い出す。門前には、子供たちを迎えにきた車がむらがっていた。母親が自分で運転してくるのもあれば、運転手だけで迎えにくるのもある。運転手づきで母親が迎えにくるのもある。これをみてぼくは、戦後まだ日本の経済状態が悪かった頃、アメリカ人の子供たちが、車でアメリカン・スクールに通学していたのを思い出した。現地事情からいえば当然のことだ。しかしぼくの実感は、〃ああ、日本人もあの頃のアメリカ人と同じになった〃という感慨であった。

クラスではこの本を読んだあと、内容について討論を行う。特にアジアからの留学生や、アジアに住んだ経験のある日本人学生がいるクラスでは、現実的で具体性のある議論が行われ、学生達は学ぶことが多く有意義である。また資料もこの本だけでなく、新聞や雑誌のアジアに対する援助や文化交流問題に関する記事も合わせて読み、議論を発展させている。

ここで書く前になぜ本を読み、そのテーマについて学生間で議論をし合うかと言うと、そのような段階を踏むことにより、自分の考え方に幅や広がりをもたせることができるからである。そして多くの人々の意見を聞くことによって、ある程度自分の意見を客観的にも見つめることができ、書く前段階の準備ができる。先程も述べたように、学生の中には海外生活の体験者が多く、そのためユニークな意見が出、討論からさまざまなことを学んでいる。何かを書く場合、それを書きたいという気持があって始めていいものが書けるものだが、このような段階を踏むことが、心の中に書こうという意欲をおこす助けにもなっているようである。

要約を書く時には、次のような点に気をつける。

① 内容を正確に読みとるよう心がける。
② 各段落の重要なポイントに印をつけていく。
③ ②の作業のあと同じ内容のものは削っていく。
④ ③で残った部分をまとめる。この場合自分の文と作者が書いた文との間で、主語や表現にくい違いが出ないよう注意する。
⑤ 段落、文章の間がうまくつながっているか、特に接続詞の使い方に気をつける。
⑥ 全体のまとまりをチェックする。

1　書く前の手順

① テーマ　本文の章、「黄色い顔と白い顔」、「貧しい日本人」、「みせかけだけの文化交流」のうち、どれか一つを選び要約を書く。
② 字　数　八百字
③ クラス外の宿題として書く。

2　要約文の実例

黄色い顔と白い顔

清田　穂高

明治以来、日本は当時の西欧諸国に、経済的な面でも、産業的な面でも追いつこうと働き続けてきた。その結果、今や日本は目標としてきた西欧のあらゆる水準に追いつくに至った。そして、同じアジア人として、東南アジア各国に、〝善意〟で資金を融資し、産業化への手助けもできるようになった。だが今、東南アジア各国では、日本人は〝イエロー・ヤンキー〟と呼ばれ、けむたがられている。この日本人の善意の行為と、それがはからずも引きおこした文化的摩擦の中に、日本が明治以来はぐくみ続けてきた、文化的、精神的なゆがみを見ることができる。

企業の管理者にしろ、学者にしろ、日本人の価値観は完全に西欧的な発想に基づいたものである。西欧に追いつこうと努力し続けた長い年月の中で、日本人はその価値観をも西欧化させてしまったのだ。その結果、でき上ったのが「西欧＝秀れたもの」「アジア＝劣ったもの」というアジア人とは思えぬ価値観である。同じアジア人でありながら同胞を軽んじ、西欧におもねる、まさに「白い心の黄色い顔」なのだ。そしてこの価値観は現地生活のあらゆる面に影響を及ぼし、そうした態度は現地の人達に伝わっていく。

しかし、東南アジアの人々は日本人を西欧人と同等にはみていない。戦争中の日本軍の占領すらもが、深いところで、彼等の独立の活力となったことを知っている。しかも日本人は、その親しみを持っている彼等に対し、白い顔と黄色い顔を使いわけて接してきた。同胞と思っていたものが、実は白い顔をした外部者だとわかった時の失望感が、この文化的摩擦の源である。さらに大きく見れば、この問題の根源は、西欧的な価値観をすぐれたものとして、それを自分の身につけてしまった政府、企業、大学、それを動かす日本人全ての中にあると言える。

原文は二十頁程あり全文を引用できないので、要約のくわしい批評はしないが、ポイントをおさえ、よくまとめられている。

四　ブック・リポート（読後感）

要約文を書いたあと、この本についてそれぞれどのような感想をもったかを、ブック・リポートとしてまとめた。ブック・レビュー、ブック・リポートの定義は色々あると思うが、筑波大学の澤田昭夫教授は、『論文のレトリック』（講談社学術文庫）の中で次のように書かれている。

> ブック・リポートは、一冊の本がどういう本であるかを一般的に紹介、説明するものであるのに対し、書評は評価・価値判断を含んだ、より批判的な読書の報告です。
>
> —中略—
>
> 新刊紹介やブック・リポートは、学部の一年生でも簡単に書けるはずですが、書評や書評論は、かなり年季の入った研究者でないと書けません。なぜかというと、書評や書評論文が問う問は、「この本ないしこれらの論文はどれだけ価値のあるものか」という評価に関する問だからです。それに答えるにはかなり広く、深い視野と知識が必要だからです。

これは非常に明快な定義だと思う。ここでは、ブック・リポートに読後感を加えたものを次のような手順で書いてみる。

1　書く前の手順

①　テーマ　ブック・リポート（読後感）
②　字　数　八百字〜千二百字
③　クラス外で書く。

2　ブック・リポートの実例

（実例一）

「二つの顔の日本人」ブック・リポート

栗山朋子

帰国後の間もない執筆、そのために筆の走り過ぎたきらいがあり、又論展開の過程において、冷静さ、慎重さに欠けるかも知れない。だからこそ、新鮮なまま文章に脈づいている感動は、読者の興味を最後までひきつけ一気に読ませてしまう。その読後感は非常に爽快だった。そして感じた。このエッセイは、発展途上にある東南アジアの苦悩のみにとどまらず、日本、ひいてはアジア全体の苦悩を浮き彫りにしていると……。

「優れた文化」と「劣った文化」、西欧文化とアジア文化を対比させて語る時、筆者はこの二つの言葉を好んで用いている。そしてこれは正に、大航海時代の西欧のアジア進出以来、アジア人がいやおうなしに抱いてきた「歴史的苦悩」の端的な表れであるかもしれない。自分達の文化が、他のより強力な基盤を持った文明に巻き込まれ、のまれていく。好むと好まざるとにかかわらず、歴史を生きぬくためには、「西欧化」以外の道はアジアには残されていなかった。そして、「近代化」は「西欧化」の、「文化」は「西欧」の代名詞となった。

くり返し強調される筆者の東南アジアの「古き良き伝統」への懐古（この伝統は日本においては大部分が消失してしまった）、そしてそれが近代化、工業化によって破壊されていくことへの憤りに、この「歴史的アジアの苦悩」が読みとれる。また日本の国際化を強く望んでいるはずの筆者が、東南アジアにおいて、西欧人に対し、「理解不可能な」アジア人としての一体感を優越感すらもって随所にもらしているのは何故だろうか。そして、西欧的思考に根ざした「白い顔」ではなく、アジア的思考に根ざした「黄色い顔」をもって東南アジアを理解するように説くのは……。

西欧文明の脅威にさらされ、歴史をそれへ同化させていく過程において、筆者はアジアをひとつの運命共同体のように把握せざるをえないようだ。彼が欧米とアジアの対比によって、全ての議論を展開しているのはそのためであろう。たとえ日本が経済的に大きな成長を遂げ、先進国としてのプライドを勝ち得たとしても、西欧化したアジアの一国としての歴史はできてしまった。その痛みを持って、アジア人として東南アジアを理解せよと筆者は結論づけるのである。

国際化の必然性を説きながらも、アジア固有の精神性、文化に固執するという矛盾に満ちた筆致に、私はこの「アジアの歴史的苦悩」を感じとらずにはおられなかった。

まず筆者の体験した新鮮な驚きが伝わってくる文章に引きつけられ、読後感は爽快であったと書き始めている。しかし著者が常に西欧とアジアを対比して描き、終わりに日本人もアジア人として、アジアの一員として東南アジアを理解しなければいけないと述べているところに、「アジアの歴史的な苦悩」を感じたと結んでいる。今や国際化が叫ばれ、地球の一員として物をみる見方もあるのに、これ程アジア人であることに固執している著者の考え方を、「アジアの歴史的苦悩」と理解したところなど、なかなか鋭い見方だと思う。

五　入社論文

大学の四年になるとまず心配になるのは、入社試験である。最近は面接が試験の中心になっているようだが、小論文を書かせる所もかなりある。試験のやり方は、試験場でテーマを与え、一時間か一時間半で書かせる場合が多いようだ。またあらかじめテーマを決め、家で書かせて郵送させる所もあるが、どちらにしても普段から準備をしておく必要がある。試験の二、三日前にあわてて準備をするのでは間に合わない。かなり前から次のようなことを心がけていることが大切だろう。

1　試験の前の準備

① 普段からよく新聞や雑誌を読み、時事性のある問題について資料を集めておく。またそれに自分の意見を加えて小論文が書けるように準備しておく。
② 先輩に入社論文のテーマについて聞き、情報を集めておく。
③ 希望する企業の社是や社風を、あらかじめ調べておく。

④集めた情報から出題されそうなテーマを考え、一つか二つの小論文を書いてみる。そしてどんな出題が出ても、その場で臨機応変に対応できる力を養っておく。

2　最近出題された論文のテーマ

ここ数年クラスの四年生が就職試験を受ける度に、出題されたテーマを集めてみた。

①学生生活に関するもの
大学生活で学んだこと
学生時代に一番打ちこんだこと
学生生活を振り返って

②自己に関するもの
私の信念
私にとって仕事とは
我青春の軌跡
将来したいこと
あなたの趣味
あなたにとって今一番関心のあること
私の抱負

③時事、社会問題
老齢化社会についてどう考えるか

今朝、印象に残った新聞記事について
国際社会における日本の役割

④企業の仕事に関するもの
日米貿易摩擦下における商社の役割
高度情報社会における通信事業の役割
金融の自由化について

ここに記していないが、一番多かったのは、「当社を志望した理由」だった。この小論文が出されない企業でも、面接では必ずこの質問が出るので、入社試験の前に自分の考えをまとめておく必要があると思う。

3　小論文を書く時の注意

①――いい論文を書くにはアウトラインが必要である。題目が出されたら、制限時間のうち十分から十五分ぐらいをかけてアウトラインを作る。

②大勢の人が同じ題目で書くのだから、読む人の注意を引くような書き出しを考える。

③どんな題目が出ても、採用側は応募者の人格・個性・熱意を知りたいのだから、どこかに自分の特徴が明快にわかるような書き方をする。自分を売り込む必要はないが、自分の考えを積極的に述べることは大切だろう。

④内容や表現には、若者らしい希望や新鮮さが盛りこまれるべきである。こちらの気持が伝わるような素直さと率直さをもって書くこと。

4　書く前の手順

①テーマ「貴社を志望した理由」
②字　数　八百字
③時　間　クラス内で一時間で書く

5　入社論文の実例

（実例一）

貴社を志望した理由

西村美樹

小さいころから音楽のある環境に育った私にとって、いずれは音楽に関係した仕事をしていきたいと思い始めたのは、ごく自然なことだと思う。幸いにも私の通っていた大学で、米国でもまだ非常にめずらしい「ミュージック・ビジネス学」を専攻できるということを知り、過去四年間この方面での勉強に励んできた。

一概に「ミュージック・ビジネス」と言っても、それをカバーする範囲は大変広い。レコード会社、ラジオ局関係、タレント・アーチストプロダクション、と数をあげれば切りがない。そんな中で私が目を付けたのは、音楽出版業であった。その主な仕事は、一般的に楽曲の著作権管理であるが、それ以外にも発展性のある仕事だとわかったためである。

特にプロモーション側の業務を考えてみると、レコード業界ほど派手ではないにしろ、レコード・プロダクションや、アーチストや新しい作曲家の発掘という創造的な仕事がある。音楽好きの私にとって、これは非常に興味のある分野である。

それに比べ楽曲管理の仕事は地味ではあるが、貴社のようにスタンダードな曲を多く所有している会社では、それがある程度の安定した固定収入源として期待できる。浮き沈みの激しい音楽業界で、この点は貴社の大きな強みであると思われる。このような財政基盤のしっかりした、業界でも一、二を競う貴社であれば、自分の創造力と音楽に対する情熱を持ち、しかも安心して仕事にとり組めると信じている。

この論文は音楽関係の仕事を希望したものである。第一段目には音楽関係の仕事に進みたい理由と自分の背景が述べられている。第二段と三段目では、音楽業界の分野と仕事の内容が具体的に記され、何故自分がこの会社を希望しているかについて、説得力のある説明がされている。終わりの段では会社の安定性にまでふれ、自分が情熱をもって働けるのはこの会社であろうと結んでいるところなど、よく書けていると思う。

(実例二)

貴社を志望する理由

大賀エマ

「母源病」という題の本を読んだ。小学校四年生のときだったと思う。その本には、青少年の神経症、精神病のあらゆる例が載っていた。興味をもって読んだのであるが、読み終わった時、特に感動も覚えなかった。ただ「読んでみて面白いと思った本」の一つではあった。

　出版社も著者名も記憶していない「母源病」という本のタイトルが十年経って、ふと浮かんできたのだった。それは、「いじめ」という新しい社会問題を扱った記事を読んだ時だった。婉曲的にその原因を母親に責任転嫁をしているように思われた記事である。反感を抱いた。私自身が母子家庭に育ったからかもしれない。それにしても、登校拒否、いじめ、チック、思春期やせ症、……まだまだあるが、症状も皆それぞれに異なるのに、悪の根源は母親である、と簡単に片付けられてしまう。兄弟、父親は決して責められない。母親に「おんぶにだっこ」といった有様だ。

　母親は誘因かもしれないが原因ではない、というケースも多いはずである。青少年の心の病についてはまだまだ解明されていない面も多い。社会が母親を責める傾向にある中で、貴カウンセリングセンターはまず青少年の神経症を取り扱うにあたり、「家庭の誰それに問題がある」とは言わず、まず家庭全体の問題として客観的にとらえる「ファミリーセラピー」を行っている、東京にも数少ない機関である。私は、まず若い患者全てに「自立」の重要性を説くといった所に感銘を受けた。

　長年にわたった学生生活にピリオドを打ち、いよいよ社会に出ることを考えると、隠しきれぬ緊張感がこみあげてくる。が、ピリオドはスタートラインでもあるのだから、スタートの合図が鳴ったら、力一杯、一歩一歩踏みしめて前進したいと思う。そして、少しでも、悩める若者の力になれたら、と願ってカウンセリングの仕事を始めたいと思う。

「『母源病』という題の本を読んだ」という書き出しはなかなか効果的である。しかも小学校四年の時に読んだ本が、カウンセラーの仕事につきたいという、きっかけになったというのも、わかりやすい書き方だ。しかし全体の分量から考えて、第一段と二段の内容をもう少しまとめて短くし、自分がどうしてもこの仕事につきたい気持を書き込むと、より説得力のある論文になると思う。第四段には、社会に出て行く前の不安感と、将来への期待や決意が同時に書かれている。採用者側からは好感の持たれる文ではないだろうか。

六　報告文

1　書く前の手順

この項目について、次のように授業を進める。扱ったテーマは「教育問題」である。

①　VTRを見る。

・NHK　ETV8「大学を考える――日米教育比較」
・BBC「ケンブリッジ大学――エリート誕生」
・NHK「ハーバード大学――エリートはこうしてつくられる」

以上三本のビデオ・テープによる、日本、米国、英国の大学教育に関する番組を見る。まず一番始めの番組は、早稲田大学の示村悦二郎教授とスタンフォード大学のピーター・ドウス教授の対談を中心にし、日米の大学の入試問題や授業の進め方、学生と教授との関係等の違いについて考えるものである。二番目は、ケンブリッジ大学の入試の方法から学生生活を紹介するもの、三番目は、ハーバード大学および大学院の入試の方法、授業風景、学生寮ハウスでの生活の様子、大学の教授の選抜法、学生の就職、そして大学運営法などが紹介された番組である。どの番組も現在大学や大学院がかかえている問題を多く含んでいて、示唆に富み、見る者達にさまざまなことを考えさせる。そのため次の討論と、自分の意見を書く上で、いい材料を提供してくれると思う。

②このテーマに関する新聞記事や雑誌の記事を読む。

・朝日新聞の「論壇」その他

③クラスで学生同士次のテーマについて、討論を行う。

・大学の入学試験の方法について
・大学・大学院の授業やテストのあり方
・教授の選抜方法について

学生の中には、かなり米国やヨーロッパの大学で勉強した経験のある者や、アジアからの留学生もいるので、日本の大学との比較において、活発で有意義な討論が行われる。

④テーマ「大学教育について」、VTRや記事、討論で学んだことについて、報告の形で書く。

字　数　八百字~千字

2　報告文の実例

問　題〔一〕

次の実例を読み、報告文に必要な事項は何か答えなさい。

（実例一）

菅井氏の米国留学

神保浩子

五月十四日付、朝日新聞の「論壇」に、米国で障害児のコミュニケーションの研究をされた東北大学助教授である菅井邦明氏が日米の教育の比較を書かれた。菅井氏は、新谷英晴氏による四月二十七日付同欄の「変化する米国留学の意味」を読まれ、これからの留学の意図を改めて考え、述べられている。

新谷氏は、我が国の学問領域の中で、米国にどうしても学ばなければならないものは何もないと言えるほど、日本は米国に追い付き、追い抜かんとしている、という意見を持たれている。しかし、日本人が米国留学から学ぶことが少なくなったという考えは、私達、日本人が大きな誤りをおかすことになる、というのが菅井氏のお考えである。氏は、異なる教育社会を比較検討するには学問という一領域だけに注目するのではなく、学問領域と人間世界を支える価値、及びこの両者の対応関係を見る必要がある、と述べている。

米国の教育の目的は、愛する、生きる、表現する、発達する、知識を学ぶといった、アメリカンヒューマニズムの立場から人生の諸問題を解決する方法を教えることにあるようだ。このように、まず立派な人間を育てることを目指し、幼稚園から大学まで、個人の尊厳を保障する教育制度が設けられている。対する日本は知識を学ぶことに重点を置き、それ以外の点は二の次になっている。又、独創性を育てる為に、米国では服装を含めた個人個人の表現が学校や家庭や社会で、大切にされている。一方、日本は協調性を美徳とし、皆ができるだけ同じように振る舞おうとする傾向にある。その為に個人の独創性が養われる場が非常に少ないようだ。

こういった点からも、日本はまだまだ米国から学ぶものがある。菅井氏は、これからの日本は知識のみを学ぶ留学から、人間を育てるアメリカの教育の理念と制度、教授―学習のあり方を学ぶべきだと主張している。

(実例二)

大学入学の選抜について

執行直子

どこの国でも政界、財界など社会で活躍するエリートと呼ばれる人達は、有名大学の卒業生であることが多い。ここで取り上げるアメリカのハーバード大学、イギリスのケンブリッジ大学、日本の東京大学、京都大学などの国立大学は、その最も典型的なケースといってよいだろう。そして、一旦入学を許された学生は、豊富な資料、卒業生からの補助金、最新の設備、優秀な教授陣と共に四年間を過ごしエリートとして巣立っていくのである。

それでは大学は学生の選抜の際、志願者に何を求め、又どのようにして合格者を選んでいるのだろうか。エリートの登竜門とされるこれらの三つの大学の選抜方法を比較しながら、合格者の条件を探り出してみたい。

まず、ハーバード大学の選抜方法を見てみよう。この大学は、卒業生からなる入学選抜委員会を設け、そこで志願者との面接を行っている。志願者は、高校での成績、ＳＡＴと呼ばれる全国統一試験の成績、自己紹介文、推薦状が必要である。この中で最も重要視されるのが、学業以外の活動である。志願者のクラブ活動、ボランティア活動、教会活動などを見ることによって、社会への貢献度、積極性を評価し、学業一辺倒でない学生の確保を進めている。実践的で、広範囲に及ぶ活動経験、バックグラウンドを持った個性のある学生を求めているわけである。

　次に、ケンブリッジ大学の場合をみてみよう。この大学もハーバード大学と同様、個性を大切にした選抜方法を採っている。志願者にはまず、自分の専門分野を持っていることが望まれる。(この際、年齢は一切問わない。)幼い頃から、個人の得意とする分野での学問を窮めることを奨励し、これを選抜の方針に取り入れている。この大学は、ハーバード大学の方法とは違う方向から、個人の才能を伸ばし、社会に役立つエリートを育てようとしている。

　そして、この選抜方法の柱となっているのが、教授陣による面接である。二人又は、三人の教授達が志願者に質問することによって、本人の経験、知識、興味、将来性を見るのである。志願者はこの際、いかに自分の優れた部分を積極的に示し、将来どのように活動していく意志があるかを、アピールしなくてはならない。

　これに対して、日本の場合はどうであろうか。国立の東大、京大の場合を例に上げて見てみたい。これらの大学が選抜基準としているものが、共通一次と呼ばれる全科目に及ぶ全国共通入学試験である。日本の大学には、前出の大学に見られた、課外活動重視や、面接重視の姿勢は見られない。二次試験に到達するまでに、かなりの人数の志願者がここで絞られ、点数主義に偏った方法で選抜が進められる。個性を無視した学業重視の選抜方法がそこにはある。

　三ケ国の選抜方法を比較してみると、日本だけが真の意味でのエリート育成になんら独創性や人格を重視していないことに気付く。光る個性にも、積極的に自分の専門を追究する姿勢にも乏しい日本の学生の軟弱さは、入学と同時に机に向かわなくなるその態度からも明らかであろう。これから日本の国際化が進む中で、世界に通用するエリートを育てることが必至となろう。大学での教育の質を向上させる姿勢が、今切に望まれる。

（実例三）

日米の大学教育について

佐藤紀子

日本の大学教育というと、まず頭に浮かぶのは、大教室で教授が講義を行うといった形式であろう。一概に大教室と言っても色々あるが、大学のそれは、教授がマイクを使わなければ声が届かないほどの大きさが普通である。

このような形式の授業では、学生はひたすら講義を聞き、ノートを取る。学生がまずすべきことと言えば、このノートを取ることである。提起された問題について考え、意見を述べたり、教授の言ったことに対し反論する機会は殆どと言っていいくらい与えられない。つまり学生は常に受身の立場にいる。受身であるゆえに講義に対する興味も引き出されず、悪くすると学生はあまり講義を聞いていていない。

一方米国の大学はどうであろうか。全ての大学がそうだとは言えないが、少なくともビデオで見たかぎりの大学や大学院では、討論中心の授業が行われている。授業中は教授と学生達の間で激しい論戦がくり広げられる。この論戦に加わるために学生は与えられた資料を読み、問題点について考え万全の準備をして教室に出なければならない。学生全員が同じ意見を持っていることはないから、教室では異なった意見に接することができ、物事に対する視野も広がっていく。自分で準備したことでいい意見が述べられれば、それによってやる意欲がわいてくるだろう。

授業に出る準備だけではない。授業の中で度々、小さいテストがあったり、学期中に何回もペーパーを提出させられたりする。大きい試験も学期中に二度はあり、採点も非常にきびしい。日本の大学のように一年に一回か二回、レポートを書くか、試験を受けるかだけで、点数をもらえるのとはわけが違う。成績が悪ければ絶対に卒業はできない。

二つの違った形式の授業では、どちらが効果的であろうか。それは言うまでもなく学生参加の討論形式の授業の方である。一方的に与えられる知識よりも、自分で調べ、考え、議論しながら学んだ知識の方が、はるかに身につき役立つものとなる。日本では勉強するかしないかは、学生の自主性にまかせてあると言えばそれまでだが、やはり現在の大学教育には改良すべき点が多くある。

実例の一、神保さんの報告文は、朝日新聞の「論壇」に掲載された菅井氏の記事について書かれたものである。実例二の執行さんの文は、VTRの中から、大学入学の選抜について、実例の三、佐藤さんの文は、日本と米国の大学の授業のやり方の違いについて述べたものである。どちらもわかりやすく書かれ、この長さでうまくまとまっている。

3　授業の進め方についての補足

一つのテーマについてVTRの番組（ドキュメンタリーや対談等）を見て、学生間で討論をする時間を十分とり、終わりにそれについて書くというやり方は、学生が自分の考えを広げ、書きたいという意欲を起こさせる上で、役に立っている。そのため全く同じ方法を使って、違うテーマを扱ってみることもあるので補足として載せる。

①　VTR

・NHK「ビッグ対談―生と死をみつめる」
　上智大学教授 アルフォンス・デーケン、作家 曽野綾子

・NHK ETV8「がんと闘ったジャーナリスト――千葉敦子さんの死――」
対談 アルフォンス・デーケン、朝日新聞論説委員 大熊由起子

②『死への準備日記』千葉敦子、朝日新聞社

③「死と生」というテーマで討論

④「死と生」に関するテーマで書く

七　批判文

1　書く前の手順

①　テーマ　一つの問題を取り上げ、それに対する批判、解決法等を書く。

②　字　数　四百字詰め原稿用紙十枚前後

③　クラス外で書く。

④　問題を正確にとらえ、読者を納得させるような批判を書くこと。

2 批判文の実例

日本の大学教育の課題

中沢 一

先日、ある報道雑誌が、日米相互の教育比較研究の報告書の一部を紹介していた。その中で目を引くのは、米国側が、日本の、初等並びに、中等教育を非常に高く評価しているが、反面、大学教育には、厳しい評価を下していることである。とかく、日本の、初等教育と中等教育は、記憶中心の、画一的なものと批判されがちである。だが、この報告書では、むしろ、これらの点に、日本の教育の長所を見い出している。問題は、日本の大学教育への低評価であり、それが、ことさら誤りでないだけに、真剣な検討を要する。以下、日本の大学の問題点を、研究機関としての役割、教育機関としての役割、そして、社会的役割という、三つの異なった角度から指摘し、論じてみたい。

第一に、研究機関としての大学を考察する。大学は、高等教育の場であると同時に、高度の研究機関であるべきだ。「そうあるべき」ではあるが、そうではないのが、日本の大学の大きな欠点ではないだろうか。日本の大学の研究水準は、西欧先進諸国、特に、アメリカやイギリスのそれに比べ、かなり低い。これは、研究機関としての大学の役割が、容易には確立されにくい日本の体制が、一つの大きな原因である。

根本的に、価値ある研究などというものは、二～三年の短期間でなど、なかなかできないはずである。時間さえかければ良いというわけでもないが、要は、長期的展望に立った研究こそが、主流となるべきである。しかし、日本の現状は、目先の業績にとらわれすぎているか、あるいは、逆に、尚古主義に陥ってしまうか、大体、そのどちらかのようである。ある日本のビジネス・リーダーの一人である某氏は、「日本の学者先生方は最も御しやすい存在だ。少額のカネで簡単に動く。」（佐藤隆三著、『アメリカ・知の挑戦』PHP研究所）と言っている。これは、日本の大学の研究が、比較的、企業の利益になりやすい、しかも、「速効性」の研究に走る要素を、多分に、備えていることを物語っている。「少額のカネで簡単に動く」というのは、言い過ぎであろうし、皆がそうであるはずはないが、少なくとも、日本の現在の研究体制というものは、近視眼的傾向にあることは否めない。

反面、人文学系において、研究が、尚古主義に陥りやすいという問題点も、見過ごすわけにはいかない。これは、単なる大学独自の問題としてよりも、社会的体制から考えなければならないのだが、学部段階で、優秀な学生は、一部の科学系を除くと、ほとんどが、官庁か、企業に入り、いわゆる、エリートコースを歩むことになる。当然、大学院へ進学するのは、少数の「変わり者」ということになる。大学院などに進学してしまえば、よほどのことがない限り、年齢制限という、厚い壁に阻まれ、一流と呼ばれる企業へは、応募さえできなくなる。となると、経済的苦労は、覚悟の上でないと、とてもではないが、大学院などには進む気が起こらない。研究者としてのポストも、数に限りがあるとなれば、なおさらである。

その上、幸運にも、研究者としてのポストを得たとして、次には、自らの「クビ」を守るために、自説を、頑なに守らなければならない。長期的展望に立った研究などという、「悠長」なことをやっていると、今度は、実績がないなどと言われることになる。そうならないためにも、いわゆる、象牙の塔を、自派の研究者で固め、異質なものは、決して、中へ入れないという偏狭主義になる。言うまでもなく、学問的には、尚古的ムードが蔓延し、もはや、研究とは、名ばかりとなる。

では、次に、教育機関としての大学を考えたい。先述の報告書によると、日本の大学の授業は貧弱で、学生は、勉学意欲などないということである。アメリカの場合、周知のように、入学は簡単だが、卒業は難しい。当然、授業は厳しいし、課題も多い。にもかかわらず、最近のアメリカでは、学部終了程度では使いものにならないということで、多くの学士号取得者は、大学院へ進学している。日本でも、やっと、理工系の一部に、そのような動きが見えてきたが、それも、数的には限られている。

このように、大学院進学が、もはや、「当たり前」のようになっているアメリカの大学と、まだまだ、「特殊」な日本の大学では、学部教育の中味に差が出るのは不思議ではないし、学生の勉学姿勢にも、自然に差がでる。それに加えて、授業が貧弱ともなれば、これは、単に、学生がだらしないからだとばかりも言えないだろう。

やはり、この点も、日本の社会体制から言って仕方ないのだが、企業の論理としては、大学で、素人的な専門知識などつけられると、かえって、扱いにくいということになる。それよりは、入社後、まっ白な状態の社員に、企業の好みの色をつけた方が、遙かに、利益になりやすい。また、企業の必要に応じた知識を持たせた方が、資本家の立場から言えば、至極便利なわけである。従って、高等教育、つまり、大学院レベルの教育は、企業が引き受けることになる。このような企業と、先述の、「カネのかからぬ学者先生」が手を結べば、大学の、特に学部は、広く指摘されているように、学生のモラトリアムの場と化すし、大学院など、空洞となってしまうことも容易に想像できる。

第三に、大学の社会的役割はどうであろうか。日本の大学は、一般的に、社会に対し、閉鎖的である。私立大学の中には、上智大学のコミュニティー・カレッジや、早稲田大学のようなエクステンション・プログラムを持つものもあるが、国公立大学となると、どういうわけか、外に対し門戸を開こうとしない。

確かに、大学のアカデミズムは、ある程度の保守性と、外的なものからの独立が必要であるが、それは、あくまで、学問、思想等の自由を守るためであり、それが、一般社会と学問との接点を断ち切る口実には、なり得ない。高等教育は、単なる研究至上主義に陥ってはならないと同時に、大学生のみの勉強の場に限られてはならない。あくまで、教育は、人間の啓蒙、進歩のために為されるものである以上、一部の者にのみ、その機会や恩恵を限ることは、本来の、教育の、崇高なる理念に反するどころか、「冒瀆」にさえなり得る。

また、大学が、ある程度の公開性を持たなければ、大学の存在自体、社会的意味を失うことになり、無用の長物と化してしまう。生活という、最も人間くさい営みと、学問というものは、必ず、深いかかわりを持っているべきものである。哲学は、人がいかに生きるべきかを探るものであり、政治学は、人が共に生きるための良き手段を追求するものだ。ここで、外の世界と学問が、断ち切られてしまえば、哲学は、鍵カッコに入った「哲学」になり下がることは必至であり、政治学も然りである。

上述のように、日本の大学の問題点を、大きく、三つの角度から考えてみたが、最後に、これからの大学の指針たるべきものを提案したい。

第一に、大学は、あくまで、企業の利益や、目先の実績、あるいは、象牙の塔の死守などというものにとらわれず、真の意味でのアカデミズムにのっとった存在でなくてはならない。そのためには、最近、答申された、国公立大学教員の終身雇用制を見直し、学閥をこえて、研究者を集めることが大切である。そして、わずかな企業の「カネ」に動かされないように、教育予算を増額し、長期展望に立つ、しかも、尚古的ではない研究が為されるよう、関係機関は、本腰を入れて検討すべきである。

第二に、もっと、大学は、門を広げ、様々なバック・グラウンドを持つ人間を教育する機関になることが望まれる。入学資格者最優先ではなく、むしろ、適正を重視し、社会人や、専門職経験者などを、教官として、あるいは、学生として、期待するような姿勢をもたなければならない。当然、国公立大学においては、外国人の正教授採用について、いちいち議論しているようであってはならない。

第三に、以上の二点を改善することにより、学生間にも活気が出、授業も、自然に、実のある、適度の緊張を伴う、正に、アカデミズムという名にふさわしいものとなるであろう。そのようなときにこそ、偏差値による学科専攻などという、高校生の進学志望傾向にも変化が生じ、教育体制全体に利益がもたらされるであろう。

以上、なかなか容易ではないが、大学生として、真剣に問題をみつめ、機会あるごとに、検討を重ねてみたいものである。

八　卒業論文の書き方

大学生活の最後に書くのが、四年間の総まとめともいうべき卒業論文である。しかし最近は卒論を書く学生が本当に少なくなった。ここでは簡単に卒論の書き方のポイントだけを述べる。

1　準備

卒業論文はまず書き始めてみると時間が足りなくなることが多い。それで大切なことは何よりも早くとりかかることである。できれば三年生になった時に、テーマの方向だけでも決めておき、夏休みに十分時間をかけて資料集めをしておくといい。また図書館や研究室に先輩の論文がおいてあるはずだから、自分のテーマに近いものをいくつか読んで参考にすることである。四年生になる春休みには、論文のアウトライン（目次）を作り、書きやすい項目から書き始める。そうすれば夏休み中にどんどん筆を進め、秋まではだいたいの目鼻をつけることができる。その上全体の手直しをする時間も十分あるはずである。

2　書き方

①序　論　自分のテーマについて、テーマを選んだ理由、論文の目的、研究内容、研究方法などについて述べる。

②本　論　論文の主体をなすもので、長さにより区分がこまかくなる。「章」「節」「項目」などに分けていく。ここでは前に学んだパラグラフの構成法などを参考に、明快な論展開を進めること。

③結　論　序論にも論文の目的などが書かれているはずであるから、論旨がくい違わないよう、もう一度まとめをする。

④参考文献　資料として使ったものをリストにして並べる。参考にした著者などは、著者、発

行年月日、発行所を正しく記す。

⑤要　約　規定の枚数で論文の内容を要約する。これを読んだだけで内容が理解できるよう簡潔に明快にまとめる。

以上のような点に心がけて書いていく。レポートに比べ卒業論文を書くのはとても大変なことのように思われるが、これまで学んだことを基にして、小論文をいくつも書くようなつもりで書きすすめればいいのである。書き上げたあとのチェックも、このコースで学んだ注意事項を頭に入れて、念入りに見直してほしい。

九　参考書

終わりに論文を書くための参考書をあげる。

1 『文章構成法』（樺島忠夫著、講談社現代新書）
2 『考える技術・書く技術』（上・下）（板坂元著、講談社現代新書）
3 『理科系の作文技術』（木下是雄著、中公新書）
4 『知的生産の技術』（梅棹忠雄著、岩波新書）
5 『論文のレトリック』（澤田昭夫著、講談社学術文庫）
6 『レポート・小論文・卒論の書き方』（保坂弘司著、講談社学術文庫）
7 『表記法』（鈴木順子、石田敏子著、荒竹出版）
8 『文章表現』（池尾スミ著、国際交流基金）

用 語 索 引

著者紹介

名柄 迪（ながら・すすむ）

1955年広島大学教育学部外国語教育学科卒業。59年同大学院修士号，69年ウィスコンシン大学で言語学博士号を取得。現在，ミシガン大学名誉教授，上智大学比較文化学部教授，同日本語日本文化学科科長。著書に，『形式名詞』（共著，荒竹出版），*Japanese Pidgin English in Hawaii, A Bilingual Description*（University Press of Hawaii），*Handbooks to Action English,* Vols.1-3（World Times of Japan）他がある。

茅野直子（ちの・なおこ）

1976年青山学院大学日本文学科博士課程修了。ハワイ大学大学院東西センターで言語教授法を学ぶ。現在，上智大学比較文化学部，国際教育振興会日本語研修所講師。著書に，『外国人のための助詞』（共著，武蔵野書院），『副詞』（共著，荒竹出版）がある。

外国人のための日本語例文・問題シリーズ9

文体

平成元年六月二十日　印刷
平成元年七月五日　初版

著者　名柄迪
　　　茅野直子
発行者　荒竹勉
印刷／製本　中央精版印刷
発行所　荒竹出版株式会社
東京都千代田区神田神保町二－三四
郵便番号一〇一
電話〇三－二六二－〇二〇二
振替（東京）二－一六七一八七

ISBN4-87043-209-9　C3081

定価1,854円（本体1,800円）

NOTES

NOTES

NOTES

外国人のための日本語
例文・問題シリーズ9

『文体』練習問題解答

理論篇

第一章　文体の種類

〔一〕 A (3)　B (4)　C (2)　D (5)　E (1)

引用文献と著者

A 北原白秋

B 俵万智『サラダ記念日』

C 磯田光一『永井荷風』

D 松尾芭蕉

E 村上春樹『ノルウェイの森』

〔二〕 1 c　2 d　3 b　4 e

〔三〕 1 震えているんです　2 言ってしまいました　3 行かなければなりません　4 言っておきましたが……　5 飲んでください　6 着ければわかるでしょう　7 来ると言っていました　8 あいているのです　9 行かなければ・思いますけれど　10 怒っていて・話したくないそうです

〔四〕 1 A F　B F　2 A M　B F　3 A M　B N　4 A F　B M　5 A M　B F　6 A F　B F　7 A M　B M　8 A F　B M　9 A M　B M　10 A F　B F

〔五〕 (解答例) 外国人にとって、漢字を学ぶのはむずかしい。特に漢字を使っていない国の学習者には、音読みがむずかしいから、漢字にふり仮名がついているとありがたい。韓国人には、漢字の意味がわかっても、音訓をまぜた読み方はむずかしい。日本語もインターナショナルにならねばならないから、音読みと訓読みに何か記しをつけて区別するといい。

第二章　学習上の文体認識の問題点

〔一〕 1 ① 独立　マレーシアの誇る美しい(国会議事堂)　2 ① タイ・ソンの乱　② 半独立の状態　③ 反発

〔二〕 1 山田さんは　2 この飛行機は(十一時)に香港に着きます　3 カメラの売場は　4 (部長)が検挙される　5 飛行機の操縦を　6 (三山物産の方)が将来性がある　7 (すし)を注文します　8 展覧会は　9 変だと思うことが　10 レポートの題は

〔三〕 1（銀座へ）行きました 2（コンピューター）で計算します 3（酒）を飲みます 4（一時半）にもどられます 5（無能な政府）が理由だと思います 6 当選できませんね 7（五人）けがをしました 8 金利を払わなければなりません 9（五十万円）用意しました 10 言えます

〔四〕 1 ①③②または③①② 2 ①③② 3 ①③②または③①② 4 ②③① 5 ①③② 6 ②③① 7 ②①③ 8 ①③② 9 ②①③ 10 ①③②または③①②

〔五〕 1 ニューヨークでショールームを持つこと、比較的高価な商品を買える人種、五番街だという結論、マンハッタンの中央部にある五番街、「ティファニー」――中略――といった店 2 だれもが必ず一緒に仕事をしたがる不思議な魅力、井深氏の夢を実現させようと努めた一群の人びと、井深氏に強くひきつけられたの（は）、技術分野における天才的独創性、将来を見通す鋭い能力、部下の話によく耳を傾ける管理職、育て上げる能力 3 日記をつける習慣、女流文学者による文学的日記、文学的日記という誤解

〔六〕（解答例） 1 ぼくは、講師と友だちになった。 2 良子は、東京に残り、他の家族は疎開していたそうだ。 3 私は、東南アジアの歴史的条件を述べるに当たって、ベトナムから始めようと思う。 4 ① ハツミさんは、座席の隅によりかかっていた。 ② イヤリングが、光った。 ③ 彼女のワンピースは、あつらえたように見えた。 ④ 彼女の唇が動いた。

〔七〕〔八〕 解答例なし

〔九〕 1 d 2 i 3 j 4 b 5 g 6 c 7 k 8 h 9 a 10 f

〔一〇〕（解答例） 1 弾けません 2 悪いとは言えない 3 会いたくない 4 降らない 5 勉強もしないで、遊んでばかりいる 6 入れるとは限らない 7 思わなかった 8 むずかしくなかった

〔一一〕（解答例） 1 親のありがたさがわかった 2 来年、またがんばります 3 やめよう 4 な

5 「文体」練習問題解答

かった 5 聞けないだろう 6 退院できることになった 7 行けなかった 8 小さい家ですが…… 9 早く帰りません 10 めし上がってください 11 やるつもりです 12 電話をください 13 読んでいないんです 14 帰りました 15 買えなかったんです

〔三〕 1 B E D A C（F） 2 ① d ② b ③ a ④ c 3（解答例）人間の理性の力によって、科学を発達させ、自然界を合理的に支配できると考えているから。

〔三〕 4 ②
（引用文献 唐木順三「新しい幸福論のために」）

〔亖〕 1 × 2 ○ 3 × 4 ○ 5 ○ 6 ○
7 × 8 ○ 9 × 10 ×
（引用文献 岡田晋『日本人のイメージ構造』）

実践編

次に示す以外の問題については、本文中に解答、解説あり。

第三章 論文のまとめ方

〔七〕 D B A C

第五章 項目別作文演習

〔一〕 解答例

- 報告の資料・材料・内容を明らかにする。
- 報告の目的・内容を具体的かつ明確に述べる。
- 読者の疑問に答えうる内容であること。
- 客観的な報告もあるが、その内容について報告者の意見等も述べられていること。

外国人のための日本語 例文・問題シリーズ9 『文体』練習問題解答
監修：名柄 迪　　著者：名柄 迪・茅野直子
〒101 東京都千代田区神田神保町 2-34　☎03(262)0202 荒竹出版株式会社

定價：150 元

發 行 所：鴻儒堂出版社

發 行 人：黃 成 業

地　　址：臺北市城中區 10010 開封街一段19號

電　　話：三一二〇五六九・三三一一一八三

郵政劃撥：〇一五五三〇〇～一號

電話傳眞機：〇二・三六一二三三四

印 刷 者：楨文彩色平版印刷公司

電　　話：三〇五四一〇四

行政院新聞局登記證局版臺業字第壹貳玖貳號

中華民國七十八年九月出版